远方那么远

陈宏伟 著

河南文艺出版社
·郑州·

图书在版编目(CIP)数据

远方那么远/陈宏伟著. —郑州:河南文艺出版社,2020.5(2022.5重印)

(文鼎中原)

ISBN 978-7-5559-0972-9

Ⅰ.①远…　Ⅱ.①陈…　Ⅲ.①中篇小说-小说集-中国-当代　Ⅳ.①I247.5

中国版本图书馆 CIP 数据核字(2020)第 044500 号

出版发行　河南文艺出版社
本社地址　郑州市郑东新区祥盛街 27 号 C 座 5 楼
邮政编码　450018
承印单位　河南龙华印务有限公司
经销单位　新华书店
纸张规格　890 毫米×1240 毫米　1/32
印　　张　6.125
字　　数　119 000
版　　次　2020 年 5 月第 1 版
印　　次　2022 年 5 月第 2 次印刷
定　　价　50.00 元

图书如有印装错误,请寄回印厂调换。
印厂地址　郑州市经五路 12 号
邮政编码　450002　　　电话 0371-65957864

目　录

远方那么远

一

睡觉忽然成了一个问题。很长时间以来，杨仪都无法睡个好觉。夜里像是睡着了，但总睡得不够安稳，不够尽兴，像是为睡而睡，反而被睡拖累，以至于醒来后脖颈酸疼，神思疲倦。睡一场好觉，每个人的心得不同。杨仪琢磨出一个灵验的方法，去影院看电影，在观影时寻机入睡。银幕闪烁，众声喧哗，如果在这时入睡，会有一种窃取而得般的置身事外的超脱感。就算是短暂的酣睡，甚至是半睡半醒，也“睡”半功倍，走出影院时就会神清目朗，有如沐春风之感。但前提是，各种战争、动作、惊悚或者严肃、阴郁的片子都不合适入睡，需要选择一些拍得认真的烂片。不错，是烂片，然而又拍得认真，才能产生让人不忍直视而又无所适从的奇怪效应，还没来得及深入剧情，注意力就被拖入迷茫、混沌之中，分崩溃散。

杨仪正在看的这部影片无疑符合入睡的标准。大约看了十几分钟，他感觉手机在兜里振动了一下，摸出来瞄一眼，韵涵通过微信发来一条消息：在干吗？虽然只有寥寥三个字，却是她的一种微妙而潜隐的表达方式，像是表明她需要他。他回复：看电影。韵涵又问：什么片子？杨仪一愣怔，像一脚踏空般的，凝神静想，却百思不得，坠入一种虚无。电影叫什么名字？电影叫什么名字？他想不起来了，但他知道这是一部绝佳的适合睡觉的影片。韵涵并未发现他的尴尬，或者并不在意他的回答，接着发来一句：陪我干一趟买卖？杨仪微微一笑，他知道这是韵涵的调侃，背后往往是一个绵里藏针般的小阴谋。他迟疑着，短时间无法识破她的伎俩，陷入发呆之中。停顿了一会儿，她发来谜底：我从广州乘坐 G858 次火车去驻马店，大约傍晚五点经过信阳，你订票上这趟车，我们在车里会合。

杨仪下午在市里参加一个冗长、无聊的会议，趁人不注意从会场后门逃了出来，躲到电影院寻求一“睡”。对于韵涵的要求，他似乎难以拒绝，却也足足考虑了三分钟。杨仪很少为一件事考虑三分钟。他遇小事优柔寡断，往往三天决定不下。遇大事却雷厉风行，往往三秒钟就决断定夺。譬如他修改一篇领导发言材料的标题，有时琢磨三天还拿不定主意。但是别人介绍他认识妻子万虹时，万虹身姿娉婷地迎面走来，只三秒钟，他就确定这是他想要的女人。这次他默想了三分钟，似乎不是在考虑事情本身，而是在想一个向万虹说的自己要出门的借口。万虹是个细腻精微的女人，不是随便能敷衍过去的。而他仿佛已经闻到了韵涵的气息，被一种莫名的欲念搞得心神不宁。

远处武圣关的两山夹峙之下，白鲸一般的高铁火车头从山峦的阴影里蹿了出来。站台上有一百多名乘客，按地面上的黄色标示线排着队列，等候上车。杨仪给韵涵打电话，本想随意地确认一下，没料到她的手机竟然关机。他有点不敢相信，再打，还是关机。他气得跺了一下脚，愤怒却又无奈，陷入茫然。他不知是应该登上火车，按既定的行程孤注一掷地奔赴驻马店，还是丢弃手里的火车票，决然地转身回家。韵涵让陪她干一趟买卖，现在买卖未做成，他感觉自己先被出卖了。听着手机里不断传出的“你所拨打的号码已关机”，他忽然意识到整个事情像一个错误。下午他假装郑重其事地给妻子打电话，说单位有急事要临时出差。如果取消行程，他如何再将出差的事由绕回去？或许只能去住酒店了。

火车停站三分钟，容不得过多犹疑，杨仪咬了咬牙，抬脚跨进了车厢。那一瞬间他认为，就算韵涵爽约，他自己完成一趟失去目的的孤旅也不错。没有目的就是最大的目的，生活太具目的性了，偶尔对抗一下生活，会格外地快活，不是吗？

火车出信阳站往北方开去，很快进入平原地带，和信阳的山区丘陵不同，驻马店地界是平坦的一望无际的麦田。杨仪觉得与其说巍峨的山川让人震撼，其实彻头彻尾的平原更是一种震撼。与山川起伏的天然面貌相比，宽广无垠的平坦像是大自然更加刻意、修饰的杰作。长时间盯着窗外倒退的树影、麦田，渐渐有点头晕，杨仪头靠在窗沿上，却又不敢入睡，毕竟从信阳到驻马店只有四十分钟的车程。

这时，一个穿着运动衣、扎着高高马尾辫的女孩拖着拉杆箱从车厢的通道走过，清爽而不失女人味。她走过去以后，慢慢转过身一声不吭地看着杨仪，脸上一副似笑非笑的表情。“韵涵……”杨仪有点吃惊，“你怎么关机……还好，我比较坚定……”

韵涵捂着嘴哈哈大笑，杨仪站起来，拉韵涵坐在左侧的空位上。“我手机快没电了，下午临时决定出差，就关机省点电，留待晚上到驻马店后的关键时刻用，你说是吧？”韵涵眨了眨眼睛。“你怎么不跟我说一声？”杨仪说。“嗨，时间太紧了。”韵涵轻轻推了他一下，“我穿过三个车厢才找到你，就别怪我啦！”

杨仪轻轻吁了一口气，看着韵涵大大咧咧的神情，他无法生气，甚至觉得心情舒缓。他记得当初见到韵涵就会慌乱，就会心跳加速。十几年过去了，他好像终于练就了一身铜墙铁壁，可以淡定自若地和她坐在一起。她忽然弯腰去拉杆箱里翻腾，然后说：“吓死我了，还以为忘带了！”杨仪问：“什么？”“药，没有它夜里睡不着。”韵涵叹了口气说，“你跟我出来，怎么跟老婆讲的？”杨仪说：“瞎编了个理由，出差呗。”韵涵忽然冷笑道：“你有负罪感吗？”杨仪看着车窗外，轻声说："没想过，有些事情可以干，但不能想。"韵涵又有点哀怨地问："男人在外面，是不是都这样瞎搞？"杨仪不知如何接腔，没有回答。韵涵的情绪向来有点神经质，时冷时暖，忽远忽近，像是处于不稳定的焦灼状态，最好不要受她态度的影响。果然，过了一会儿，韵涵就温柔地靠在杨仪的肩头说："对不起，我走得太匆忙，都来不及化妆，让你看到了我最狼狈不堪的一面。"杨仪心里一软，用手摩挲着韵涵的马尾辫子。她的辫子扎得很机巧，用一绺发丝缠绕几圈代替橡皮筋，浑然天成。

"你还没告诉我，"杨仪问，"我们要干一桩什么买卖。"韵涵愣了一下，捂嘴笑道："我去采访一对父女，他们是乞丐，之前在广州乞讨，被遣送回来了。"杨仪说："这里面……能挖掘出什么吸引眼球的东西吗？"韵涵声调猛地一提，愤然道："你知道那女孩才多大吗？才五岁！她父亲竟然就带着她出门乞讨。而且，她家里可能并不是很穷，不至于非得出去乞讨才能生存，她父亲把她当作博人同情、怜悯的工具。工具！知道吗？我要去挖掘她父亲对待亲生女儿如此狠心的原因。这个时代有病，每个人都有病，不值得我们深思吗？"韵涵在广州某报纸的深度报道部当记者，每次采访都要写一整版的深度报道文章。杨仪听她抢白般的语气，好像一切都怪自己似的，撇嘴道："你每天都思考一些关于时代的大问题，我吧，操心的则是吃饭、减肥、睡觉等庸俗不堪的小事情……"韵涵伸手掐了杨仪胳膊一把，咬牙切齿地说："我也不想来，这么远，但我们主任在网上查到了这个选题……”

二

杨仪和韵涵一块在武汉读的大学，是大三时参加学生社团认识的。杨仪寝室的一个同学是学校远方话剧社的剧务部部长，拉他去给话剧社做剧务，说是排了一场“乱哄哄”的戏，需要人帮忙。杨仪说，我不专业。同学说，不要说你不专业，我们都不专业。杨仪不好再推辞，硬着头皮跟同学去了。话剧社正在排练台湾话剧《暗恋桃花源》，“暗恋”和“桃花源”两个不相干的剧组，与同一个剧场签订了当晚彩排的租约，双方各不相让，争执不下。由于演出在即，双方不得不同时在剧场彩排，于是舞台上上演了一场戏剧结构奇特的古今交错剧。那同学指挥杨仪一会儿给“暗恋”搬椅子，回头给“桃花源”抬桌子。一会儿再给“暗恋”抬病床，转过身拉着“桃花源”的小木船走过舞台……在剧中两个导演、场外一正一副两个导演争执不下乱哄哄的纷扰之间，排了大半天戏，杨仪也没弄清楚剧情，确实够乱的，甚至分不清哪一部分是现实的乱，哪一部分是戏中的乱。他发现“暗恋”的女主角“云之凡”很特别，在戏中优柔安静，戏外却很泼辣，兴奋得眼睛亮晶晶的。她的嗓门也大，剧场里到处飘荡着她轻快的声音。趁她不注意，他时不时投过去眷顾的一瞥。看着她轻盈款款的身形，他感觉自己的脸颊滚烫，喉咙干燥，心脏跳得快要蹦出来。向同学一打听，才知道“云之凡”叫周韵涵，而且是他的信阳老乡。那幕话剧后来在学校连演数场，场场爆满。当《暗恋桃花源》在学校取得轰动效应的时候，杨仪也“暗恋”上了周韵涵。

不过，韵涵对自己人生格局的设想显然是大于杨仪的。杨仪计划毕业之后回信阳谋职，因为父母都在信阳，他是家中的独子。外面的世界，一想到各种“漂”的生活，他就无所适从，有点茫然，有点胆怯。而韵涵像是置身在话剧的角色里不能自拔。“云之凡”曾经生活在昆明、上海和台湾，韵涵也觉得自己无论如何要去北京、上海、广州这样的大城市拼搏一番。“不然，这学业岂不虚掷、一生岂不白费了？”她说。那天晚上他俩在学校外面东湖边的柳树下散步，说这话的时候杨仪看到她的眼神在夜晚都像钻石般有棱有角、闪着光芒。“大城市繁华，有灯红酒绿。可小城市安逸，有蓝天白云。”杨仪说，“我想回信阳，是因为熟悉那里的一切。回去工作就算挣得少点儿，但也没那么多生存的压力，过普普通通的生活，不也挺好吗？”韵涵撇着嘴说：“你这样想，说明你的人生格局太小了。政治、文化、经济……一切优质资源全在大城市，社会的精英阶层都生活在大城市。回信阳去，就算再努力奋斗，能有什么前景？”说着她的手一挥，“就算在武汉，我相信也每天都有机遇，每天都有人取得成功。”杨仪靠着湖边的栏杆，看着远处朦胧的湖面，像是轻轻自语地说：“大城市的确有优越感，可小城市有归属感……”“什么？”韵涵怔了一下，继而恨其不争般地说，“我暑假回家里住了一个月，就遇到四次全市停水。我去社区开个证明，被居委会的人勒索两百元钱才给盖章。还有，我一共就出去逛两次街，骑到胜利路步行街的电动车就被人偷走了。去旁边的警亭报警，我的话还没有说完，一个臭警察就关上了玻璃推拉窗，把我晾在了外面。我完全没有体会到你说的安逸和舒适，反而处处遇到难堪和不快。”杨仪默然，无从应答。他伸手想搂住韵涵，被她挣脱了。“我相信。”她说，“你回去肯定会后悔的。”

由于这种对“人生格局”认识的差异，杨仪和韵涵的关系一直像温暾水，不冷不热的。闯荡大城市还是返回小城市，两人反正谈不拢，谁也说服不了谁。杨仪觉得自己对于韵涵，有点聊胜于无的意味。因为韵涵并不十分在意他的态度，他俩刚讨论完严肃、宏大的话题，她没心没肺地哈哈一笑也就罢了，甚至说过什么她都不记得。杨仪也学着她的态度，一切都装作不在乎，两人反倒产生了默契，能更轻松地相处。

直到大四的时候，话剧社换届，晚上大家伙搞聚会，都喝得烂醉。尤其是有两对男女同学已公开恋爱关系，在众人面前示爱，把气氛惹得狂热。那个剧务部部长退下来了，心情有点郁闷，喝得舌头发硬，一直在嚎歌。反正有人喜，有人悲，乱糟糟的。杨仪借着酒劲儿将韵涵拉到一边，掐住她那白如藕节的胳膊说：“嫁给我吧，我会好好对你。”韵涵哭笑不得，掰着他的手说：“你放手，放手我跟你说。”杨仪松开手，硬着嗓子道：“你说。”韵涵垂下眼睑，侧着身子轻声说：“我不准备嫁人。”杨仪又粗暴地掐住她的胳膊，这次掐得更死，韵涵连声喊疼：“你丢开，你丢开，死杨仪！”杨仪翻着眼睛说：“别傻，女孩子……都得嫁，嫁谁……都是嫁。”韵涵冷笑一声说：“那也不能嫁给你。”杨仪斜着脑袋端详着韵涵冷漠的神情，点点头说：“够狠！信不信我来硬的？”说着伸手箍住韵涵的脖颈，装着要强吻她的样子。韵涵紧张了起来，身子一下子绷直了，像调紧的琴弦，说：“你到底要干什么？”杨仪在她耳边低声道：“你记住，无论嫁给谁，最后都是一场错误。”说完打着趔趄走了。韵涵惊愕地站在那里，发愣了许久，搞不清楚杨仪是真醉还是假醉。

女同学们都喜欢买花裙子，韵涵却总买职业短裙。别人没注意，杨仪明白，她是为出入各种招聘会做准备。韵涵的身材很好，皮肤白，穿上职业装俨然跟已经入职的白领似的。她活泼、轻盈的身姿，越发显得杨仪平稳、保守，两人之间的隔膜不言而喻。杨仪对她的爱只能独自承载，仿佛个人习惯，无法拿出跟她分享。听话剧社的同学说，韵涵已收到北京、上海几家大企业的录用书，就看她如何选择了。而杨仪却在整理生活用品和书籍，打包往家里邮寄。

一天下午，杨仪在校园的小径被韵涵拦住了，她表情严肃地问他：“你真的执意回信阳？”杨仪还没说话，韵涵又说：“你好好想想，认真回答。”杨仪说：“不是执意回去，而是没地儿可去。”韵涵点点头说：“那你也应该试试，你看我们身边的同学，有几个人甘心回去？”杨仪闷声闷气地说：“我觉得不是甘心或不甘心，而是喜欢或不喜欢。大城市是一种快生活，小城市则是一种慢生活，相比而言，我更喜欢慢……”韵涵“切”地冷笑了一声，直截了当地说：“你怎么不说大城市精致，小城市粗糙？快生活与慢生活？你快过，才可以谈慢。你都没快过，何以谈慢？”杨仪被问得脸皮发躁，情绪灰败，想转身走开，忍了几忍，礼貌性地反问道：“你呢？你准备去哪儿？”“广州，中南传媒集团。”韵涵口吻很轻松，“先去做文案，熟悉了就有做策划和主管的机会。我们系就有几十人去应聘，就签了我一个。”杨仪说：“祝贺你，只是……太远了……”韵涵嘴角一撇，说：“远？”继而笑了起来，“是，的确有点远，不过我喜欢远方。我们本是远方话剧社的，不是吗？”杨仪被问得不知道说什么好，像是默认了自己背叛了某个虚拟理想的事实。天上阳光灿烂，他像是忍受着明晃晃的阳光一般，忍受着心中的刺痛。韵涵跺着脚说：“回去你会觉得憋屈的。”杨仪沉吟着说：“往左走，往右走，选择不同。我守我这一边好了，你那边太挤了。”韵涵嘴巴鼓了鼓，想说什么，终于没有说出来，转身走了。两人分道扬镳，没有任何仪式。

原本没有合，因此谈不上分。

三

杨仪回到信阳，先在一所中学教书，经人介绍与女教师万虹结婚。后来遇到全市公务员招考的机会，考入市里一个机关单位。杨仪教书耽误了七八年，年龄上不占优势，在边缘部门里来回调动了几次，一直都未能获得提拔重用，渐渐地对官场冷了心。

他和韵涵一直是“朋友”。韵涵的父母还住在信阳，逢年过节她会回来一趟，一般都会告诉杨仪，两人约在一块儿吃顿饭，捐弃前嫌般地聊聊天。韵涵的生活总是走在杨仪的“前面”。她进入中南传媒集团以后，先是在某个时尚杂志任编辑。她在广州花六十多万元买下一套三室一厅的房子之后，杨仪花六万多从单位买了一套二室一厅的集资房。不过，杨仪很快就结婚了，并且有了一个女儿。而韵涵却一直为婚姻发愁，拍拖了几个，有的经济条件好，人却长得丑。有的对她好，但年龄太大，已经是大叔了。好不容易认识个年轻的男孩，她又觉得对方太穷。各种缺憾、各种不如意，让她难以下决心将自己嫁掉。

当她从广州开回一辆本田奥德赛时，杨仪惊叹得眼珠都快瞪出来了，他刚刚考取驾照，踌躇了许久，计划买一辆七万元的捷达，听说那车子皮实，怎么开都不出毛病。他俩相约一块驱车去郊外茶山深处吃农家菜，杨仪不停地拨弄她的车窗控制键，锃亮的玻璃窗一会儿升起，一会儿落下。杨仪赞叹说：“这车子漂亮，你到底在大城市，我们早已不可同日而语了。”韵涵轻轻一笑，摇头道：“不知道你指什么，我刚买车时，恨不得做梦都在用手转着方向盘，但没过两个月，就觉得没意思透了。”杨仪看着窗外碧波荡漾的南湾湖，绵延起伏的茶山，蓦然想起当初在学校时韵涵对小城市生活的评价，说："待在小地方，生活还是……‘粗糙’。”韵涵显然早已忘记了当初的话，没听出杨仪的语意所指，说："你是不是觉得我贪慕繁华？其实不是，生活总得有一些非物质的、精神的东西。这些东西，似乎只有在外面才能找得到。”杨仪不以为然道："古人隐居乡里渔樵耕读，有没有包含精神的东西？”韵涵扑哧一笑，说："你能抬杠。”

韵涵对他俩的关系一直保持着警惕，好像生怕把自己陷进去。有人说，异性朋友都是靠相互的嫌弃维系着。杨仪猜不出韵涵究竟嫌弃他哪些地方，或许因为认识日久，嫌弃的地方多到不可胜数。杨仪点了茶乡的各式农家土菜，红烧季花鱼，焖罐肉，油炸青虾，香菜炒千张，米酒蛋花汤，韵涵满口称好，吃得却很少，说是要保持身材。韵涵要开车，杨仪只好独自喝了点酒，喝至微醺，韵涵忽然冒出一句："我要结婚了。”

“哦。”杨仪一愣，继而说，“应该考虑了，你真命天子是个什么样的人？”韵涵摆摆手说："我也说不清楚，是个胖子，我认识的最胖的一个。”杨仪疑惑地问："不是听你说认识的有好几个吗？为什么是他？”韵涵叹了口气，说："我也说不清楚，咋说呢，爱得深，爱得早，不如爱得刚刚好，人生的出场顺序很重要。我也感觉累了，刚好碰见他，就是他吧。”

杨仪不以为然地说："你以前说我做事会后悔，你不怕自己后悔吗？”韵涵蹙着眉头，想了一会儿说：“我也不清楚，反正很纠结。咋说呢，他能给我安全感。现在我们另买了一套大房子，正在装修。除此以外，他在建材市场里有门面房，出租给别人。他在外面承揽建筑工程，还经营有餐馆……”杨仪自己日子过得寒碜，也不好与她争论，他觉得只会徒添隔膜。韵涵处事率性、即兴，东一榔头西一棒子，在他看来也是一种“粗糙”。但是韵涵有钱，这个事实让他满腔的话生生憋在了肚里。

杨仪很钦佩韵涵似乎总是心怀梦想，尽管她从未准确地向他表达过她究竟是什么样的梦想，但那梦想似乎一直在远方，她一直在追寻。而杨仪生活在信阳这个小城市里，如果有梦想，那就是做个闲人。父母健康，家庭和睦，孩子快乐，工作安稳，这些就构成了他平淡的现实，却也是他的内心之梦。之后不久，杨仪瞅住一个机会，在南湾湖边买了一处农民的房子。农民进城打工，在城里安家了。山坡下，湖畔边，三间两层的住宅，单独的水井，宽阔的院落，房前屋后绿树红花掩映，藤萝满墙，竟然只要二十五万元。杨仪请一个画家朋友来帮忙设计，进行了一番就地取材的改造。屋里的陈设全采用旧式实木家具，擦得窗明几净。堂前挂了画家朋友临摹的古画《溪山行旅图》，配一副隶书对联：佳思忽来诗能下酒，豪情一往剑可赠人。堂下桌案立一青花观音瓶，摆着《遵生八笺》《湖滨散记》等闲书……妻子万虹一开始反对往农民的房子里砸钱，看完改造后充满艺术情趣的古拙韵味，也惊喜不已。每到周末，杨仪就带着妻子、女儿去住两日。

改变是在两年以后。

韵涵从广州回来，说她转行了。新媒体时代，她所在的传媒集团也陷入危机。杂志的发行规模越来越小，她被逼转行去了报社。“报社也不是长久之计，也一直在滑坡。”韵涵感叹道，“谁说男怕入错行，女也怕入错行啊！”杨仪笑而不语，驱车带着她去看自己的“乡间别墅”。韵涵走进院子，院子里靠墙长着一株合欢树，旁边挖一个水池，里面浮着一团睡莲，几尾红鲤游动其间。廊檐下摆着一张茶桌，旁边石阶下种植着青翠的芸香草，还有两盆剑兰……韵涵取过一顶斗笠扣在头上，惊叹道：“杨仪，天啦，真棒、真绝啊！”又看了看房子外面，杨仪自己开辟的菜园，辣椒、茄子、黄瓜果实累累，韵涵更加感慨，说：“你知道吗，现在大城市有严重食品安全问题，你真有远见啊，我也想回老家来，开垦一块地，自己种菜自己吃，抬头就可见蓝天白云，过一种田园诗般的生活……”杨仪笑笑说：“我早就被时代淘汰了，无法迎合时代，干脆就用更原始和笨拙的方式来抵御……”韵涵点点头，说：“你沉默不言的，其实挺有思想呢！”

晚上杨仪做了几道简单的菜，用菜园里的丝瓜炒鸡蛋，凉拌个黄瓜，还有提前腌制的咸萝卜条，韵涵竟然吃得津津有味。一个劲儿地问杨仪：“你老婆不会来吧？”杨仪笑着说：“不会，今天不是周末。”“啊，我太兴奋了！”韵涵大叫道，“杨仪，我以前认为，小城市的生活是多么寡淡乏味，今天我才完全明了，根本不是那么一回事。我虽然生活在大城市，其实我把生活过成了一片废墟……”

那天晚上，他们终于不知不觉地“滑”进了彼此的生活。韵涵要了一次又一次，似乎永远不能尽兴。最后终于累了，韵涵用脚趾弹着杨仪：“你说，如果当初是我们俩结婚会怎么样？会不会天天斗得噼里啪啦的？”杨仪轻轻地抱着她，一动不动地说：“没想过啊……”韵涵翻身用手托着下巴，问道：“你孩子几岁了？”杨仪说：“六岁了，什么都懂得了。”韵涵忽然哭泣道：“我和我们家那个天天吵，因为想要个小孩，一直怀不上。”杨仪拍了拍她的后背，说：“要孩子的事情，不能太紧张，也急不得。”“我喜欢小孩，尤其喜欢女孩，我会把她打扮得像个公主……”韵涵楚楚可怜地说，“我想去做试管宝宝，可是听说取卵子很疼，比生孩子还疼百倍，想想都害怕……”

四

火车到达驻马店时天已经擦黑了。大多数高铁站都长着差不多的面孔，杨仪一出站就有点晕头转向，分不清南北了。韵涵脚上穿一双红白相间的帆布旅游鞋，步子迈得很轻快，杨仪拉着她的行李箱跟在身后。广场上面的司机迎着出站的人流簇拥上来，嘴里不停地问道：“你们去哪里？确山、正阳、汝南？”韵涵看了看一个瘦猴般的司机，冲他招了招手。杨仪想拦住她，告诉她应该去站外排队等车，广场上往往都是黑车。不料韵涵问了一句："去正阳多少钱？"瘦猴嘴里正叼着烟，连忙吐掉烟头回答道："两百，车在那边。"说着往广场外面一指。杨仪狐疑地问道："去正阳干吗？"韵涵回过头说："采访啊，小女孩在正阳县。"杨仪身子一晃悠，像是差点儿晕倒，然后又猛地刹住，说："那你告诉我在驻马店，你知道正阳县在哪儿吗？"韵涵说："在驻马店啊，是下面的一个县。""在驻马店的最南边！"杨仪一下蹲在地上，恨其不争般地说，"早知道去正阳，你应该从信阳下火车，我开车带着你从信阳往北，几十公里就到了，咱们现在绕了个大圈子。"韵涵眨巴了几下眼睛，"哦哦"了几声，似有所悟。杨仪说："是不是还在正阳县下边的乡里？"韵涵说："在村里。"杨仪问："哪个乡？可别是正阳南边的乡，那就离信阳更近了。"韵涵连忙从兜里掏出手机，说："我们主任发在我的手机上了，我开机看一下。"面的司机看着他们俩，站在旁边等待结果。"泉溪镇——高庄村——高平义。"韵涵一字一顿地说。杨仪用手机查了查百度地图，差点瘫坐在了地上，被他不幸言中，泉溪镇是正阳县最南边的镇，和信阳市的肖王镇毗邻，离信阳市区只有四十六公里。"你们女人办事，我真算是开眼了，心服口服！"杨仪说不清是反讽还是自嘲，气归气，却无可奈何。韵涵从地上拉起他，嗲着腔说："不好意思啊，我也不知道会这样，你过来就是陪人家的嘛。"杨仪看了看远处的夜空，做无语状地摇了摇头。韵涵问瘦猴司机："你有发票吗？能不能少点？”司机说：“有发票，就是这价，你问谁都得两百，因为从正阳回来不准带人。”韵涵“噢”了一声，对杨仪使了个眼色，“我们走吧。”两人跟着瘦猴司机找到他的车，杨仪将拉杆箱放进面的后备箱，两人坐进了车子的后排。

借着车灯可以看到附近正在施工，一辆拉土车在前面缓慢地行驶，地上升起一团团尘土奔涌而来。路面有许多凹坑，司机几次想超车都没能成功。“他妈的！”司机嘴里嘟囔道，摇起面的车窗。韵涵问：“师傅你从正阳回来为什么不能带人？那样不是节约成本吗？”司机说：“以前可以。运管局才规定的，返程不准带人了。”韵涵似乎不明白，追着问：“为什么呢？”“打架打的，打了许多次了，现在规定双方都不能带人！”司机回过头解释道，“我这是驻马店市的车，送客人去下面县里，返程时不准带人。县里的车往驻马店市里送客，他们回县里时也不准带人。”韵涵疑惑地问：“假如我包你的车，明天你陪我办事，回来时你怎样带我？”司机说：“不行。我将你送到正阳，就得空车返回，你回来得坐正阳的面的。如果我带你，被正阳当地的面的司机截住，非挨打不可！”韵涵看了看杨仪，感叹说：“你们这儿的规定，也真奇葩啊！”司机笑笑说：“我们也没办法。”路面高低起伏，杨仪被晃悠得有点头晕，靠在后座上闭目养神。

过了一会儿，韵涵道：“你知道泉溪镇吗？”司机说：“知道，那地儿可远。”韵涵说：“我们如果今天晚上赶到泉溪镇，那里有宾馆住吗？”“宾馆？”司机回头瞟了一眼杨仪，“宾馆肯定没有，镇上哪有宾馆呢？正阳县城才有。”韵涵“哦”了一声，接着问：“我明天从县城去泉溪镇坐什么车呢？”司机掏出一支烟，点燃后深深吸了一口，说：“蹦蹦啊，县城里有许多蹦蹦。”韵涵又问道：“蹦蹦是什么？是马车吗？”司机哈哈笑了起来，笑罢却说：“蹦蹦……就是蹦蹦啊。”韵涵还想说什么，杨仪碰了她一下，打断了她连续不断的追问。杨仪指了指车窗外说：“那不远处，就是梁山伯与祝英台化蝶双飞的故事发生地。”韵涵瞪大了眼睛，惊叫道：“什么，梁山伯与祝英台？你别骗我！”司机在前面插话道：“是的，那儿以前叫马乡镇，现在叫梁祝镇。”“靠，我们明天要去看看，也不枉此行！”韵涵捶了一下杨仪的腿，继而又落寞似的说，“恐怕时间不够，我急着回去，报纸等着下版。”

道路两旁亮起了路灯，前面一片灯火闪亮。司机说：“正阳县城到了。”杨仪掏出钱包要付车费，被韵涵拦住，冲他眨了眨眼，说：“我可以报销。”说着将两百块钱递给司机。当接过司机给的发票时，她低头看了一眼票面，惊讶地叫道：“怎么是定额的发票呀，我要机打票啊！”司机说：“我们这儿都是这样的票。”韵涵说：“我去过那么多地方，都是机打的发票，你这定额的，我回去要多费口舌啊！”杨仪拦住她说：“信阳也是定额的，咱这小地方怎能跟大城市比。”韵涵不罢休地嘟囔道：“票上竟然还没盖章。”

两人在正阳县城的街道上慢腾腾地走了一截路，杨仪建议先找地方吃晚饭。韵涵左右巡睃街边的各色小吃店，大多灰头土脸的，皱着眉头说："我不饿，只是累，先找地方住下来吧！"杨仪晃了晃自己的背包说："我下午出发时，在面包店买了几样，打尖足够了。"向路人询问了一下，旁边不远就是帝坤大酒店，是正阳比较高档的酒店。两人摸索着找到酒店，走进去登记了一间标准间客房，一百三十八元。韵涵的脸似笑非笑，像是为两人合开一间房而略感羞赧。推开客房门的时候，"杨仪！"韵涵忽然大喊一句，"晕死了！这儿酒店价格好便宜啊，就这设施条件，在广州得要八百块！"她把挎包往软椅上一丢，仰面朝床上一躺，浑身酸软般地瘫在那儿。

杨仪去卫生间洗澡，他洗得毫无顾忌，匆忙草率，不一会儿胡乱裹着浴巾就出来了。韵涵在床上的睡姿，像是燃烧的火焰，杨仪感觉自己被彻底点燃了，粗鲁地趴了上去。韵涵挣扎着想推开他，没有推动，就叫嚷道："窗户，窗户没关。"杨仪抱着她走向窗户，韵涵拉窗帘时，他就势抵在身后。窗外的街道人来车往，一片喧腾。韵涵终于身体发酥，无力地趴在了窗沿上。像一种紧绷的神经得以缓解，一种缺憾得以弥补，杨仪全身都轻松了……他烧水泡了一杯茶，安静地坐在软椅上看电视。

韵涵洗过澡，用电吹风吹着头发，蓦然回头说："我离婚了。""什么？"杨仪的腿正跷在床沿上，听了她的话脚一颤，从床沿上滑了下来，"什么时候？"韵涵说："春节过后，三个月了。不过他昨天才拎着包从家里走了。"她的头发散落在耳边，杨仪看不见她的表情，想了想问道："你怎么想？难过吗？”韵涵赤着脚在地毯上走过，从化妆包里拿过一瓶保湿水，边涂抹眼睑处边说：“不难过，一想到那个混蛋从此跟我再没有关系了，我高兴都来不及。”杨仪皱着眉头说：“是不是不理智？婚姻不是儿戏哦。”韵涵瞟了他一眼，撇嘴说：“你说话怎么跟我爸一模一样？”

杨仪略显尴尬，站起身来，从背包里取出白天买的各式面包，黄金土司、三明治、培根蛋卷，还有大列巴。一样样递给韵涵，她摇了摇头，指着房间吧台食品架上的方便面、火腿肠、饮料等说：“想吃什么你随便拿，我房间费用有多的。”杨仪怕触痛到她，故意用轻松的口吻说：“你是记者，不是经常写文章剖析别人家庭问题的原因吗，为何自己的事情反而处理不好？”韵涵叹了口气，反问道：“你跟你老婆吵架吗？”杨仪摇了摇头，说：“不吵，我父母喜欢吵架，我小时候深受其害，所以曾发誓一辈子不会跟老婆吵架。”韵涵深深地看了他一眼，说：“你真狠！不，你真棒。嫁给你真好。可是你不知道，那些花了好久想明白的事情，最终可能会被一次情绪失控而全部推翻。”杨仪一笑，说：“我貌似懂了。”韵涵拥着被子，腿蜷缩在床上，说：“我以前觉得你窝在小地方很悲哀，现在想想，你的悲哀之处，正是你的了不起之处。”杨仪正想说什么，韵涵惊叫道：“有蚊子！”话音未落，她从床上猛地蹿起来，往墙上猛拍一掌，然后复又倒下，“它死在墙上了。”她重新将被子抱在怀里，说：“但凡离婚都是被逼的，那个混蛋把家败光了，不知道这些年我怎么熬过来的，真是受够了，就算净身出户我也要跟他离……”

杨仪对韵涵的婚姻生活感到迷茫不解，他们经济条件不错，不用为寻常琐事操心，但好像一直处于某种引而不发的危险状态。他很想告诉她，婚姻是少之又少的福分，应该珍惜到最后一刻。韵涵的腿舞动了一下，忽然痛苦万分地说：“坏了，今天晚上睡不着，现在头脑空空……”“头脑空空？”杨仪心里一动，“咱俩真是同病相怜。我也经常失眠，今天去看电影，就是想躲在电影院睡一觉。”韵涵说：“你吃过药吗？”杨仪说：“什么药？安眠药？没有。”韵涵皱了皱眉头，语速急快地说道：“你根本不知道失眠是什么滋味！从基础款的艾司唑仑和阿普唑仑，到‘高大上’的思诺思、右佐匹克隆，我已经几乎把所有的安眠药都吃得常规剂量对我毫无效果了。当我躺着的时候，我只是因为太疲乏而躺着，可是很少很少很少睡着。世界上最令人绝望的事情就是失眠，因为这么简单的事情，别人轻易可以做到，而我却做不到……”

杨仪同情地看了看韵涵虚弱的样子，叹了口气说：“失眠更多是心理原因造成的，不能单纯靠药物……”韵涵粲然一笑，挥了下手说：“你根本就不懂什么叫失眠，你躲到电影院寻求入睡，看似是解决失眠，其实是享受失眠，失眠对你是一种乐趣的存在。跟我讨论失眠，你的级别太低了……”杨仪躺过去，伸手从背后摸了摸她的腰肢，又抚摸她的脸，他的动作轻微，像是抚摸一件易碎的艺术品。韵涵的鼻翼微微翕动着，身体有点瑟瑟发抖。杨仪心生许多感慨，两人的重逢，有种劫后余生般的味道。韵涵眼睛闭着，却忽然张嘴咬住了杨仪的指尖，轻轻地含着。

五

杨仪迷迷糊糊地醒来，误以为自己还在梦中。因为他听到了淅淅沥沥的雨声，那种雨声像是一直存在于他的睡梦之中。他喜欢在下雨天睡觉。当他睁开眼睛，看了看窗外，倏忽明白是在正阳县。韵涵衣服穿得整整齐齐地靠在床靠上，手里拨弄着手机。看见杨仪醒来，朝对面的桌上一指，柔声说：“起来吧，饭都准备好了，我从自助餐厅给你带的。”杨仪看了看，一碗绿豆粥，另一只碗里装着两只包子，一个煮鸡蛋。杨仪从床上下来，几步走到窗前，外面果然正下着雨。街边有一条护城河，河岸长着一排洋槐树，洋槐花正开得鲜丽娇媚，昨晚上竟然没有注意到。杨仪看了看手机，八点一刻，问韵涵：“你昨晚睡得怎么样？”韵涵眨巴下眼睛说：“还行吧，你的鼾声相伴，让我不至于太孤单。”

杨仪胡乱吞了几口稀粥，和韵涵退房走出酒店。天色阴沉，雨不疾不徐地下着。二人站在酒店门口的挑檐之下，杨仪指着街上跑过的一辆矮趴趴的红色三轮车说：“看，那就是蹦蹦。”韵涵扑哧一笑，说：“噢，就那玩意儿啊，像只大肥鸭！”杨仪挥着手说：“我们坐蹦蹦去车站，看车站有没有去泉溪的车。”说着，拦下一辆蹦蹦，掀开帘子，扶着韵涵坐了进去。杨仪伸头对着开蹦蹦的老头说："去汽车站，几块？"老头擦了一把额头上的雨水，伸出四个手指比画了一下。

赶到汽车站，杨仪让韵涵站在一个小卖部的敞篷伞下，自己蹦跳着避开地上的水洼，找到一辆风挡玻璃后面竖着"泉溪"牌子的中巴车。杨仪蹿上车，看到一个胖大的男司机正懒洋洋地抽烟，女售票员正在数着一叠钱。杨仪问："去泉溪多长时间能到？"女售票员抬头看了他一眼，问："几个人？"杨仪说："两个。"男司机回头答道："四十分钟。"杨仪看了看手机上的时间，快九点钟了，就问："你们什么时候发车？"女售票员说："再等半个小时吧！"这时韵涵也冒着雨跑了过来，杨仪摆了摆手，说："这辆车不能坐，他们还要等半个小时才能发车，再折腾到泉溪，恐怕我们时间等不及。"韵涵看了看空荡荡的车厢，一时也没了主意。胖司机说："你们多给一百块钱，我现在就发车。"韵涵刚想答应，杨仪攥着她的手，不由分说将她拉下车。两人走到车站门口，路边停着一辆的士，里面坐个短发女司机，杨仪问道："去泉溪镇多少钱？"女司机脱口而出："八十。"杨仪拉开车门，招呼韵涵坐了进去。

两人坐定，擦拭着头上、脸上的水滴。韵涵说："我们到泉溪镇高庄村办事，这雨下得大，我们办事的时候，你在村子里等我们一会儿，再把我们带回来可以吧？"女司机说："来回一百二。"杨仪碰了碰韵涵，对女司机说："我们不回正阳了，办完事你把我们送到信阳高铁站，要多少钱？"女司机想了片刻，沉吟道："二百。""行。"杨仪轻轻掐了下韵涵说："你可以从信阳返回广州，我们不能再绕回驻马店了。”

车子开出县城，穿过两边长满白杨树的乡村公路，远处是一望无垠的麦田，四野一片碧绿。每隔一会儿，韵涵的手指就唰唰地在手机屏幕上划过，像是一直与工作单位保持着联络。短暂间歇的时候，她无意识般地用嘴咬着指尖，像是陷入某种沉思。车子行驶了半个多小时，到达一个镇子，女司机说：“这就是泉溪。”韵涵醒悟般地一喊：“车停一下。”她从钱包里掏出一百块钱，递给杨仪：“你去买一箱牛奶或饮料什么的，咱们去采访，空着手不好。”女司机回头说：“你顺便问一问高庄怎么走。”雨比出县城时小了点，但还在密密麻麻地下。杨仪从路边商店里买了两箱伊利鲜牛奶，问店老板：“高庄怎么走？”店老板木然地看了看杨仪，瓮声瓮气地说：“东边。”

杨仪回到车上，跟女司机说：“朝东边走。”车子沿着朝东的沙子路行驶，大约十分钟以后，来到了一个十字路口。女司机左右看了看，皱了皱眉说：“还得问一下怎么走。”但是路上没有行人，杨仪撑着女司机的伞，站在路边，远远看到一个穿着雨衣的人骑摩托驶过，杨仪挥手将他拦下，问道：“老兄，高庄怎么走？”雨衣人朝身后一指，说：“西边，朝西走。”杨仪说：“我刚在镇上问一个店老板，他说在东边。”雨衣人将摩托熄了火，擦了一把帽檐上的雨水，大声反问道：“你到哪个高庄？这儿有两个高庄。一个东高庄，一个西高庄。”

杨仪转身看了一眼韵涵，韵涵也傻眼了。怔了怔，韵涵说："我找高平义。"雨衣人说："我不认识高平义，这两个庄的人都姓高。"杨仪恨不得连连作揖，说："老兄帮帮忙，想想办法，看谁认识高平义。"雨衣人皱眉琢磨了一会儿，用手往前一指，说："前面就东高庄，进村第一户是村文书高美团的家，她肯定认识高平义。"杨仪拍了拍雨衣人的肩膀，连声道谢。

车子开到村口，第一户是三间两层平房，门口有一片铺着碎石子的空地。女司机说："我车就停这儿，你们下去问问。"杨仪和韵涵从车上下来，这时从平房的门里闪出一个四十多岁的女人。女人身材微胖，看上去很健壮。杨仪问："请问您这是高美团的家吗？"女人点点头，狐疑地问："是的，你们是……？"韵涵笑着说："我们是广州青年志愿者协会的，你们这儿有个叫高平义的，带着孩子在广州乞讨，我们是来调查情况，如果他们的确很穷困，我们想办法给予救助。"女人的眉头一展，立刻微笑道："是的，高平义就是我们村的，他在最里面住，我可以带你们去。"韵涵看了一眼杨仪，笑眯眯地说："谢谢高文书。"

村子里的路很泥泞，杨仪一手拎着韵涵的拉杆箱，一手提着一箱牛奶，韵涵提着另一箱牛奶，踩着路边松软的枯枝败叶，一步一滑地向村里面走过去。村子里大部分都是三间两层墙面贴着白瓷砖的小洋楼，大约是外出务工比较富裕的人家。剩下一些低矮破败的，要么门窗紧锁，已经废弃，要么住着一些老头老太太。有的院墙是用破瓦和枯树枝垒成的，有的干脆没有院墙。村子里有许多露天粪坑，由于下雨的缘故，散发着一股难闻的霉臭味儿。

三个人走到村子的最东边，有三间土坯房，高美团远远地含混地喊了一句什么，杨仪和韵涵都没有听懂。高美团又扯着嗓子喊了一句，从屋里走出一个五十多岁的老头，头发乱糟糟的，留着花白的胡茬，目光迟钝地看着他们。“这是广州来的人，来帮助你的。”高美团又转身对杨仪说，“这就是高平义。”这时从屋里蹿出一个四五岁的小女孩，胆怯地看了他们一眼，又躲了回去。韵涵叫道：“小姑娘你叫什么名字？别跑，我们来拍张照片。”高平义含混地叫了一句什么，小女孩走过来，高平义扶着小女孩的后背，说：“她叫高海霞。”韵涵让他俩站在土坯房的正门口，用手机给他俩拍了几张照片。

走进屋子，杨仪放下牛奶，发现屋子里和垃圾场完全无异。中间堂屋有一张破旧的供桌，柜门的玻璃碎掉了一半。正中央停着一辆三轮车，满地垃圾，有破靴子，空饮料瓶，废弃的破锅，支棱的伞骨，还有空化肥袋子，绞成麻花般的绳子……但却没有一把椅子。高美团像是知道屋里的情形，她就站在门口的廊檐下。右侧是一间空房，依然是满地的垃圾，看情形起码两三年没有清扫过了。左侧房间里有一张床，上面是近乎霉烂的被子。床前一台老式电视机，屏幕闪烁，正在播放电视剧。窗边有一张破藤椅，上面乱七八糟一堆破旧的衣服。杨仪从未见过如此肮脏、破烂的房间，如同痴傻者的洞穴。杨仪失声说：“这房间，你为何不扫一扫？”高平义半蹲在左侧房门口，嘴里含混地嘟囔道："没扫，我的腿不能动。"杨仪看了看他的腿，似乎半跛着，就问："你腿不好，怎么能骑三轮车？"高平义咧了咧嘴，说："三轮车是邻居的。"杨仪说："邻居的？怎么停在你的堂屋正中间？"高平义说："在下雨，怕淋了雨。"杨仪眉头一皱，近乎质问般地说："噢，邻居的三轮车怕淋了雨，要放在你家堂屋正中央，你就同意啊？"回头看了看韵涵，她正掏出笔在本子上飞快地记着什么。杨仪感叹说："你真不可思议！"

小女孩看到韵涵手里的笔，过来看了看，伸手就夺。高平义说："她没见过笔。"韵涵把笔给小女孩，又从笔记本上撕下几页纸，递给小女孩说："来，高海霞，你拿去，在这纸上画。"小女孩转身跑过来，一伸手又夺了过去。杨仪从背包里掏出昨天带的一罐红牛饮料，拉开拉环，递给小女孩，说："海霞，你拿着喝。"但小女孩并不过来，反而用充满敌意的眼神看着他。杨仪发现小女孩脸蛋虽然脏兮兮的，其实长得非常漂亮，就掏出手机给女孩拍照。小女孩见了，"噗噗噗"地冲他吐口水。高平义接过杨仪打开的红牛饮料罐，放在脚边的地上。

杨仪觉得屋内一刻也不能忍受，就走出来问高美团："高平义是高海霞的亲生父亲吗？怎么年龄差距这么大？"高美团冲他使了个眼色，说："是亲生的。"杨仪问："女孩的妈呢？"高美团说："在广州走丢了。"杨仪惊诧道："怎么回事？"高美团往后退几步，低声说："高平义是村里的老光棍，前几年从外面来了一个女神经病，他就给领回来一块过，然后就生了这女孩。春节之前他们全家去广东乞讨，听说那女神经病走丢了，就剩他父女俩回来。”杨仪说：“那女的知道自己的家在这儿不？”高美团嘴一撇，说：“她不会说话，连自己名字都不会说，怎么可能知道自己是哪地方的！”杨仪喊道：“天啦，那就是说，他们在家里等，但那女的永远不可能自己找回来了。”高美团咧嘴笑着连连点头。

杨仪重新进屋，韵涵正在问高平义腿的情况。他两年前出门捡废品时，被一辆轿车撞倒在地，造成大腿骨折。车主支付四万多元医药费后，又额外给了他两千元的赔偿，双方达成和解。没想到车祸给他留下了后遗症，去年秋天才能丢了拐棍走路，现在做手术留的眼儿还天天往外面冒水。韵涵问：“现在农村不是有低保吗？给你办了吗？”高美团说：“办了，每月九十元。”韵涵问：“怎么那么少？”高美团说：“只有高平义一个人的，他那个老婆，还有这小女孩，都没有户口，没法办。”杨仪说：“你们还有其他救助方式吗？”高美团挥舞了一下手臂说：“我们村里也经常照顾他们，供给他们粮食，保证他们有大米吃，其他就没办法了。”

杨仪问高平义：“你老婆在广州是怎么走丢的？”高平义哼哧了一会儿，说：“她去上厕所，去了二十分钟，没有回来，我就去找，找了整整一天也没找到。”顿了一顿，又说：“肯定是让别人拐跑了。”杨仪恨其不争地说：“那是你的理解，她那种情形，还有谁拐她？”韵涵问：“你没有报警吗？”高平义说：“报警了，我去警亭找警察，但警察以为我是去乞讨的，吼着‘走开、走开’，将我轰走了。”杨仪一跺脚，然后往地上一蹲，死死地审视了一番高平义那苍老、无辜的脸，说：“苍天啊，大地啊，你是咋混的啊！”高平义大概以为杨仪是来调查他乞讨的事情，嘴里喃喃地说：“我们再不去广州乞讨了，太远了。”“远？”杨仪故意气他似的回答道：“你是不该再去，那是你的伤心地。”

韵涵也一直蹲在地上，这会儿她哈着腰站起来，揉了揉膝关节，问道：“你有你妻子的照片吗？”高平义摇了摇头。韵涵说：“关于你妻子的信息，你什么都没有吗？”高平义神情茫然地看了看韵涵，没有搭腔。韵涵又问：“你有手机吗？”高平义摇头。韵涵再问：“你有银行卡吗？”高平义仍然摇头。高美团在廊檐下接话道：“银行卡怎么没有？种粮补贴本的存折不就是吗？”高平义醒悟似的，从墙上挂的一幅玻璃镜框后面取出一张存折。韵涵接过来，用手机对着账户号拍了照，说：“你比我想象的穷困太多了，我联系到救助以后，给你这个存折上打钱。”高平义含混地“哦哦”着点了点头。

韵涵收起采访的笔记本，拿手机一边打电话，一边往屋后面的麦地旁边走。杨仪走到高美团身旁，低声说：“高海霞该上幼儿园了吧？”高美团说：“没有上，她现在连话都还说不清，平时都关在家里，也很少跟村里其他小孩子玩。”杨仪说：“为什么村里其他人不将高海霞要过去抚养呢，高平义显然没有养育能力啊！”高美团使个眼色说：“想要这小女孩的人多得很，高平义的堂兄没有孩子，就想要过去养，但高平义不同意。他说谁要走了高海霞，就得把他接过去，管他生养死葬。”杨仪不解地问：“什么，管他什么？”高美团说：“活着管他吃饭，死了给他安葬。这样一来，村里人都怕了。”韵涵一直在麦地旁打电话，像在解释着什么，她一边说，另一只手不自觉地空中比画着动作。她的声音忽高忽低，时而愤怒、时而克制的样子。过了十来分钟，她才从麦地旁边走过来，眉头紧锁，神情沉郁。杨仪刚想问她怎么了，她的手机又响了起来。韵涵转身一边接听，一边重新走到麦田旁边。高海霞躲在三轮车前轮旁边，悄悄地偷眼看杨仪。一旦杨仪与她的目光对视，她就“噗噗噗”地吐口水。

…………

从泉溪镇回信阳的路上，韵涵一直神情落寞。杨仪问她发生了什么，她蹙着眉头，痛苦地摇着头，似乎不想回答。两人都没吃中午饭，直到下午三点多钟，的士才赶到信阳高铁站。昨天从信阳上车时，杨仪的车子就停在停车场。他陪着韵涵到高铁站买票，然后两人站在候车室门口避雨。雨水顺着房檐倾泻如瀑，在大理石地板上溅起细细的水泡。雨噼里啪啦地下了快一天，仍然没有半点要停歇的意思，他俩听着雨声有点发呆。

韵涵忽然情绪失控般地往地上一蹲，捂着脸说：“杨仪，我不想干了。”说着泪如雨下。杨仪吃了一惊，拨过她的马尾辫子，轻声问：“你怎么啦？发生什么事了？”韵涵掏出一张纸巾，擦了擦泪，说："在高庄村里的时候，我跟主任吵了一架，没意思透了！这次采访我费了这么大的劲儿，主任竟然说，'我就知道这选题要砸在你手里，早知道我派别人去'。"杨仪听不明白她的意思，说："到底怎么啦，采访得挺好的嘛，见到了当事人，问清了来龙去脉，还想咋的呀？""你不懂。"韵涵摇着头说，"报社先确定选题，再安排采访。这次的选题是，一个家境条件不错的农村人，将五岁幼女当作乞讨工具，去街上乞讨骗人，要探询他内心为何如此残忍，如此没有怜悯之心。但我们去采访的高平义父女，他们竟然是真的很穷，这出乎我们报社领导的意料。他们是穷得无法生存才去乞讨的，这样一来，我们当初制定的选题就作废了。"

杨仪静静地听，似懂非懂。韵涵接着说："现在高平义父女是真穷，是被逼无奈才去乞讨，超出了领导的设想。我解释了许多遍领导还半信半疑，直到我将高平义家里的实景照片发给他。这样我们报纸就没必要报道了……报纸不是慈善机构，一个纯粹的关于穷苦的悲惨故事，吸引不了读者。"

杨仪搂住韵涵，看着她眼里闪烁的泪光，替她揩去泪水。他把韵涵的头贴在自己胸前，一瞬间他也想流泪。"这不是你的错……"他不知道怎样才能安慰韵涵——她好像身陷两堵窄墙的夹缝之间，动弹不得，身不由己。韵涵从手机相册里调出高海霞的照片，一次次放大、缩小，再放大，自言自语似的问："你觉得高海霞好看吗？"杨仪说："好看，简直是天使，可惜沦落在一个猪圈般的地方。"韵涵破涕为笑地说：

"我也觉得她好漂亮，真想把她领回我家……"

六

小城无大事。每天傍晚快下班的时候，杨仪喜欢给万虹打个电话，问晚上是不是带孩子一块儿上街打牙祭。哪家店新开发了椒盐味小龙虾，哪家海鲜店的食材比较新鲜，或者新上映了什么电影，哪里的夜市值得逛逛。万虹乐得晚上不做饭，立即要用手机预订团购优惠券。周末的时候，去父母家里看一看，或者带孩子去郊外蹚蹚小溪、爬爬山，晚上住到"乡间别墅"。季节变换时，樱桃大约熟了，荷花已经开了，枫叶大概红了，惦记着去摘、去观、去赏……这些微不足道的小事情构成了杨仪蝼蚁般的日子。有时候，韵涵微信上联系他，会喊他"沉默的杨仪"，想来竟也贴切。他与世无争，从不做僭越之事，把鸡零狗碎的生活过得有滋有味，不是"沉默"是什么。

凌晨四点，杨仪清清爽爽地醒了，这几天都差不多，总是大约四点钟醒来，然后平平静静地躺着，看天色渐亮，再眯瞪一会儿。除了看手机上的时间，他还看到一条微信。"我想收养高海霞你说可以吗"——韵涵发来的，没有标点符号，她的典型风格，发信的时间是凌晨两点四十五分，看来她又度过了一个"头脑空空"的夜晚。杨仪的眼睛还有点酸疼，他睁一只眼闭一只眼给韵涵回了信息：不行，你不符合收养条件。放下手机，继续入睡。然而片刻之后，手机就“叮”了一声。他重新拿起来，韵涵回信：我不是真的收养不需要法律承认只想带着她一起生活——她像是急切地表白自己，简直语无伦次了。杨仪看了看身边熟睡的万虹，回复了五个字：难度大，审慎。之后，那边安静了下来。

韵涵做事情没有定性，忽冷忽热，忽左忽右的。夜晚的短信，杨仪觉得她是头脑发热，也就没放在心上。如果跟着她的情绪走，会把人折腾疯掉，或者陷入她那种重度失眠状态。

大约一周后的一天下午，杨仪忽然接到韵涵的电话。“我在信阳，回来两天了。”她嘻嘻哈哈地说，“明天劳您大驾，开车送我去泉溪镇。”杨仪说：“干什么？”“未完成的采访。”韵涵说，“我八点半在小区门口等你。”杨仪说：“行，不见不散。”

第二天杨仪如约赶到韵涵居住的小区。韵涵脚步轻快地走出来，看上去很精神。她上身穿黑色的蝴蝶衫，下身穿白色的牛仔裤，戴一副太阳镜，除了背包以外，手里还提着一盒芭比娃娃玩具。她将背包和玩具放在汽车后座上，然后坐进了副驾驶位。“出发。”韵涵摘掉太阳镜，笑眯眯地往前一挥手。杨仪揶揄地说：“采访还带送玩具的，中国好记者啊！”韵涵一龇牙，推了他一把。

出信阳城往北，杨仪打开手机导航，显示距离泉溪镇四十六公里。杨仪拍了拍韵涵的头，说：“怎么？你们报社良心发现，选题重新调整了？”韵涵咬了咬嘴唇，沉默不语。杨仪侧过头看了看她，问：“咋回事？搞得怪怪的。”韵涵一抬头，冲他一笑，说：“杨仪，或许你当初的选择是对的。”“选择？”杨仪有点摸不着头脑，愣了一下，笑着说：“我选择你，你也看不上我啊！”韵涵伸手掐他一下，翻着眼睛瞪他，杨仪哭笑不得地摇摇头。

“我准备回信阳，不知还能不能适应信阳的生活……”韵涵低声说，“如果不行，就广州、信阳两地轮换着住。”杨仪笑着说：“开什么玩笑，你是夜里有千条计，白天老主意，净瞎忽悠。”韵涵抿了抿嘴唇，低沉地说：“我已经辞职了。”

杨仪脚下一颤，车子猛地一梗，哆嗦两下才重新前行。“你真狠。”杨仪说，“勇气可嘉。”韵涵转身从后座上拿过背包，从里面掏出一盒烟，抽出一支，点燃吸了一口。杨仪看她烟雾吞吐的动作，不像是才学会的，但杨仪是第一次见她吸烟。回想上次报社选题的事情，杨仪估计她与报社闹了矛盾，却不好往深里问，就闷头开车。

过了一会儿，韵涵终于自己耐不住性子，长长地吐出一口烟雾说：“你今天是陪我去干一件大事，我们去把高海霞接回来，以后我来抚养她。”杨仪手一滑，方向盘差点没握住，他看了一眼韵涵认真的神情，忍不住笑了，说：“你以为高海霞是个玩具啊，是个芭比娃娃，想送给谁就送给谁？那是个大活人，说着玩呢？”

“高平义同意的。”韵涵的声音虽然低，却很自信，她从包里取出一张单据，“我从银行给他汇了十万块，我的全部私房钱。”

杨仪脚下一顿，车子戛然停住。他突然觉得对韵涵很陌生，她有时嘻嘻哈哈，有时又无比认真；她看上去毛里毛糙，却又很专注细致；她看上去很柔弱，其实很强大。“为什么要这样做？”杨仪质疑道。韵涵晃了晃那张汇款单，示意他继续开车。“高海霞五岁了，竟然还穿着开裆裤，我看了无法忍受。回到广州之后，我想了好几个晚上，不如把她接到我家，我来抚养她，我什么也不图，她长大以后，可以离开我，回正阳去找高平义……”韵涵喃喃自语般地说。

和韵涵相处，最舒服的地方，不是无话不说，而是可以不说话。杨仪长吁一口气，他不知道说什么好，什么也不想说了。平稳了一下情绪，他加大油门，车子很快抵达泉溪镇。杨仪没作任何停留，方向盘一拐，迅速穿过集镇，往东高庄开去。村子还是那个村子，仿佛被人安放在一片绿色的麦田中间，孤独而安静。

杨仪将车子停在高美团门口，两人从车上下来，没有去敲高美团的门，径直往高平义的家走去。杨仪不知道韵涵心里感受如何，他觉得自己有点激动，脚下的步子迈起来忍不住有点发颤，踩在地上深一脚浅一脚软绵绵的。韵涵手里抱着芭比娃娃，像个懂事的乖女孩，一改平日大大咧咧的作风，柔顺地跟在他身后。穿过几个院墙，走到高平义门口，远远地看见他的门好像是锁着的。杨仪顿时心跳加快，像是要蹦出来。他快走几步，不错，大门的确上着锁。杨仪看了一眼韵涵，问道：“你来之前跟高平义联系了吗？说好是今天来接吗？”韵涵目光躲着他的眼睛，说：“上个星期，我汇了款之后说的，他当时在电话里同意的。”“之后再没联系？”杨仪急切地问。韵涵点了点头。杨仪说：“坏了，可能出事了，他跑啦！”韵涵说：“别瞎说，他能去哪儿，说不定就在附近，办什么事情去了。”

这时，邻居的老太太看见来了人，慢腾腾走过来。杨仪大声问：“大妈你好，见到高平义了吗？”老太太像是认出了杨仪和韵涵，说：“你们上次来过吧？是你们给老高头汇的救济款吧？”杨仪说：“是的，他去哪儿了？”老太太走过来，说：“咦，你们不知道，他出门要饭去了啊，走了一个星期了。”杨仪大腿一拍，声音有点发抖地问道：“走一个星期了？带着高海霞一起走的吗？到底是哪天走的？”邻居的老头从屋子里出来，像看稀奇似的也凑了过来。“哪天走的……”老太太昂着头想了想，“上个星期一，我头天做完礼拜，他俩第二天早晨走的，我记得清楚。”

杨仪用手机查了下日历，上个星期一是18号，问韵涵：“看下你的汇款单据，是哪天汇的。”韵涵慌忙从包里找出那张纸条，展开一看。“17号，17号汇的。”韵涵的声音低得几乎听不见。

“要饭去了。”老头看着杨仪说，他似乎以为杨仪还没明白是咋回事。老太太说：“你们是好人啊，给他汇了救济款，听他说汇了整整十万。”她回头指了指老头说，“我们其实比高平义还可怜，我俩是五保户，生病都没钱买药吃……”老头自言自语地感叹说：“现在政策好啊，你们给高平义汇钱，政策真好啊……”

韵涵紧咬着嘴唇，一声不吭。

杨仪从韵涵手里拿过那盒芭比娃娃，放在高平义的窗台上，小心翼翼地放稳。他轻轻拍了拍她的肩膀，轻声说：“走吧。”

韵涵忽然走到门边，扒着门缝往里看了看，然后转身问老太太：“你确定高平义是去要饭了吗？他会去哪里？”

“肯定要饭去了，背着个大蛇皮袋子，冬天的棉袄都带着呢。”老太太说，“去哪里谁知道呢，我们哪儿也没去过……”

杨仪拉着韵涵的手，感觉她柔弱的手指冰凉彻骨。他紧紧攥住她，像是怕她滑脱出去。两个人走出几步远，老太太忽然高声喊道：“我们俩也需要救济……我们也需要救济啊……”杨仪头也没回，心虚理亏似的将韵涵拖出了村子。高美团家褐红色的铁门仍然紧闭着，杨仪看了看，想敲门进去见见她，想了想忍住了，再说什么好像都有点多余。韵涵坐上车，杨仪猛一加油门，车子轰轰地吼叫着冲出村庄。

韵涵像个做错事的孩子似的，双手捂住脸，纤瘦的双肩微微觳觫着。杨仪看到她的泪水从指缝里流下，却无从安慰她，任由她一路啜泣。出了泉溪镇，即将驶入省道时，杨仪停下车，走到路边，冲着空旷无人的麦田撒了一泡尿。回到车上，他看到韵涵像一副散架的骨头，瘫滑在座椅上，忽然从她的喉咙里发出一种奇怪的声音……

（原载《江南》2015年第6期）

三角形的秘密

1

刘丽莉仔细琢磨公公周无涯那张脸，想要捕捉每一丝转瞬即逝的表情。她难以相信他所说的话，以为是一场恶作剧。因为他煞有介事的神情看上去古怪而夸张，而且这一切太荒谬，简直有点邪乎，她完全无法接受。但她很快意识到他不像开玩笑，他的语气咄咄逼人，带着占领制高点掌控全局之后的恩赐意味，仿佛一切都不容置疑。她看了看婆婆，她一直镇定地坐在旁边，脸上似笑非笑的表情定格了一般。当她看到刘丽莉求助的目光时，她嘴角的肌肉禁不住微微抽搐，像个无辜的帮凶。刘丽莉脑子里出现了一段短暂的空白，一阵自我毁灭般的震颤传遍了全身，她觉得整个房间忽然暗了下来，自己快要晕厥了。

周无涯挥舞着那份来历不明的文件，如同炫耀一份高级法院的终审判决书。“在医学报告面前，你的任何解释，都是一种站不住脚的掩饰。”他面目严正地将文件丢在了茶几上，后背往沙发上一靠，跷起了腿。

她的心怦怦直跳，呼吸变得短而急促，抓起那份文件心慌意乱地瞄了几眼，近乎尖叫地说：“航航，是不是抱错了？”她想起什么似的，颤抖了起来，“我知道了，在医院里……当时……”

航航刚生下来时医生给他打了9分，但很快发现他有新生儿呼吸困难的迹象，脸色发紫，就送到婴儿室吸氧观察。在婴儿室一待就是十五天，与外面完全隔离。刘丽莉坐月子期间像丢了魂，忧郁悲伤，又烦躁易怒。她还没见过孩子的模样呢，像爸爸还是像妈妈都不知道。丈夫周一尘拜托护士去婴儿室拍了几张照片出来，航航正在侧身酣睡，鼻孔处用白胶布粘着吸氧管，刘丽莉当时看见就泪奔了，流泪过后竟然有些许陌生感，懵懂而含混地确认，哦，这就是自己诞下的宝贝。

周无涯摇了摇头，撇着嘴很不屑地笑了笑，像早就预料到刘丽莉会矢口否认，会铁板一块。死猪不怕开水烫，抵赖谁不会？但没想到她对自己的孩子如此不自信，并且找出一个这般荒唐、可笑的借口。

“这么快你就承认航航不是你亲生的了？以这种方式？”他镇静地问。

婆婆冷冷地说：“航航左侧耳朵下面有颗黑痣，生下来我就看到了。从婴儿室抱回来后，我又专门验看了的，怎么会错？”

其实话一出口刘丽莉就后悔了，她意识到自己说了蠢话，不由自主地用手捂住了嘴。她觉得自己的思维被他们蒙蔽了，绑架了，急于摆脱他们对自己的误解，脑子瞬间犯迷糊，才会冒出航航出生时在医院抱错了的念头。不，这根本不是她的本意。她想说，是你们的想法太过肮脏，太过污秽，将我带进了阴沟里，我是冤枉的！但她像是陷入短暂的失语，一切诡异得无从辩驳。她若隐若现地感到自己的确遇到了一场麻烦，在她一帆风顺的生活中，她从没与任何人正面交锋。此刻她非常不甘心，她虽然谈不上贞洁烈妇，却也绝不容许别人任意诬蔑啊。

“我并不是故意为难你。我的老同事的儿子开了个‘白求恩’亲子鉴定中心，拉着我去捧场助兴，我顺便与航航做了个检测。”他像是辩白般地自言自语，“祖孙 DNA 亲缘鉴定是一种 Y 染色体鉴定，准确率在99.9% 以上。因为男性都有一条 Y 染色体，而儿子的 Y 染色体遗传自父亲，因此任何一位祖父和他的孙儿的 Y 染色体必定有相同的 DNA……”他的声音干涩而坚硬，字字句句充满逻辑而又无情透顶，“其实这根本不是我想要的结果，这表面上像是针对你，但我受的伤害更大……”

“你……能把我一辈子毁了……”她几乎瘫在沙发上，崩溃般地哭泣道。

他略显惊愕地看着她，转身站了起来，走到客厅的窗户旁，点燃了一支烟，边吸边向外面眺望。他僵着身子久久地站在那里，光秃的脑袋像一块颜色含混的磁石。她哀伤的哭声不断地灌入他的耳朵，将他困于进退两难的沉默之中。婆婆手足无措地坐在一边，想劝劝刘丽莉，却欲言又止，似乎说什么都不合适。

“别跟我娘家人说，你们若说了我就去死！”刘丽莉凛然一笑。她站了起来，要冲出门去，却脚下一软，踉跄地倒在门边的玄关上。她纤瘦、脆弱的双肩无法抑制地觳觫着，胸口堵塞得喘不过气来，泪水再次汹涌。婆婆过来抱住她，将她扶坐在沙发上，从抽纸盒里扯出几张纸，递给她说：“丽莉别哭。”又转过脸低声骂了一句，“你这个疯子，没事儿测什么测……”

她的哽咽慢慢平息下来，客厅安静极了，只听到墙壁上钟表嘀嗒嘀嗒的声音。她像虔诚的修女被人发现了最可耻的羞事，陷入了愧疚的恐惧之中。她相信一切都是假象，都是幻影，却让她心力交瘁。她恨不得将心肝肺一股脑儿全倒出来，让他们看看。她无法判断这件事情的结局如何，但她必须死守住她的底线，不能让娘家人知道，那样她可就真的洗脱不清了。

刘丽莉的手机在桌上振动了起来，她看都没有看一眼，也不摁掉，任它在桌面上振动、闪烁。她的眼睛发直，神情木木的，像个幽怨的木偶。

“曾庆芝。”他像一直在进行痛苦的思考，大脑平静而高速地运转，以至后脑壳有一根看不见的神经跳着疼。最后，他万难决断般地揉了揉脑门，做了几个深呼吸，思维终于清晰了些，“这件事情，你绝不可以告诉周一尘。”

他声音很轻，却在空气里形成一股隐约而奇特的气流，嗡嗡地在她耳边震颤，让她有点怀疑自己的耳朵。那沙哑的、碎片般的声音一闪而过，她很想回听一遍是真是假。

“这个秘密只有我们三个人知道，你知，我知，她知，构成了一个三角形。而三角形是最稳固的，这么说吧，任何一人泄漏了这个秘密，另外两个人都会察觉。刘丽莉是当事人，她断然不会说出去。曾庆芝，假如这件事情被周一尘知道，泄密的肯定是你。”他用手指着婆婆说。

“老死鬼！”婆婆吼叫道，“你无端的为什么要这么做？”

刘丽莉脸颊上的泪水像是停住了，她的眼神重新焕出神采，不可思议地明亮起来，所有的痛苦好像全被抵消了。刚才她还像中了阴险的咒符，被死死地箍住。现在她简直有点发蒙了。她悄悄抬头瞟了他一眼，重又低下头。她知道就算死，也不会向他们摇尾乞怜、向他们告饶。但周无涯的话还是出乎她的意料，让她对这个有些秃顶的退休中学教师超脱的风度刮目相看，甚至有点感激。

“一切已成为事实……就先这样吧——”他突然放慢语速，像是忧伤的低呼，“刘丽莉，你得从此恪守妇道，秉持本分，绝不可再乱来！”

他顿了顿，脸色舒缓下来，如释重负般地长嘘一口气。前面的检测像是幽暗的伏笔，以曲折而隐晦的方式，最终抵达这个柔和的终点。不待刘丽莉表态，他转身走进卧室，正式结束这一次三人谈话，更像是急于逃离一种困窘。

刘丽莉虚脱般地在沙发上蜷缩一团。这个空旷的下午像是虚拟的，让她感到陌生而害怕。她像从一个很深的梦境里苏醒过来，怔了一会儿，她双手搂住膝盖，窝在沙发里哭了。

2

刘丽莉去幼儿园接了航航，回到家里时心情平复了许多，但脑子仍然乱作糨糊，对事情捋不出一个成形的想法。公公婆婆像是有预谋地设置了一个黑暗的圈套，让她钻进去，头晕目眩地迷失方向。她愤怒、委屈，但标准式样的鉴定报告书摆在桌上，像是陈述一个简单的事实：航航的身世有问题！她不由分说被这个强大的证据给驯服和淹没了，恐惧而忧伤。

周一尘正躺卧在沙发上，眯着眼睛看电视，似睡似醒的样子。他下班回家后每每如此，侧身躺着时肚子显得更加肥硕。他常年在政府机关趴着，身体厚墩墩的，才三十多岁已有了中年人的瓷实感。他总是看着看着就睡着了，任凭电视屏幕闪烁，高一声低一声地打起了鼾，直到刘丽莉让航航喊他吃饭时才骤然惊醒，口水都流在了沙发扶手上。刘丽莉告诫过他，女人厌倦一个男人是从生活习惯开始的，唬得周一尘直发愣。但她没告诉他这话还有上半句，男人厌倦一个女人是从身体开始的。

她轻手轻脚地走进厨房，尽量不惊动他。航航伏在厨房的角桌上玩彩笔。她开始准备全家的晚餐，原本想给航航做葱煎带鱼的，但她没有了兴致，想了想，只做两道清新小菜，番茄炒鸡蛋、胡萝卜炒土豆丝，反正也是航航喜欢吃的。她的心思恍恍惚惚，带着难以解释的迷茫与困惑。下午周无涯说的事情让她震惊，而他的态度更让她意外，像是先给予她难以抵挡的致命一击，然后又点到为止般地赦免了她。他像是对她的一切都了然于胸，却没有具体点破。她好像从他的话里咂摸出几层滋味，又好像压根没有，只感受到一股地狱般的寒气，让她的小腿肚子发抖，心里直打战。

每个人都拥有一些秘密，这些秘密并不一定锁在抽屉里，或者上锁的日记簿里，更无法一厢情愿地删除，而是抽象地盘桓在脑际，冬眠于心底。她结婚之前做过多种工作，卖过达芙尼的鞋子、屈臣氏的化妆品，还卖过紫澜门的女装，但男朋友只谈过一个。其实算不得谈，是跟，她跟过一个男人。男人姓吴，是市公安局的一名刑警。他们是一块儿在驾校学车时认识的。吴先生是先买好了车，然后才去学驾驶。刘丽莉去报名时，他已基本学会了，开始战战兢兢地带着刘丽莉一起回家。周末的时候，刘丽莉贪图蹭他的座驾练车技而跟他约会。驾照还没拿到手，刘丽莉却已经上了他的当，鬼使神差地跟他去酒店开房。之后，吴先生犯了错一般溜之大吉，凭空消失了。她慢慢地平静地接受了现实，慢慢地连与他肢体接触的印象也模糊了，如同根本没发生过。半年之后的一个傍晚，吴先生忽然联系她，请她去郊区的生态园吃饭。他依旧谈笑风生，神采奕奕，并且对她体贴有加。他对她像熟稔的故交相逢，相处没有半点隔阂和不适。而她却一直隐忍着愤怒和不快，因为他竟然能做到如此坦荡，若无其事，他曾哄她去开房了啊。他好像对她没有丝毫亏欠，这无疑是对她的无法原谅的轻视。他是故意回避？还是假装遗忘？她几次想发火，却又觉得一切都是自找的，自作自受。吃完饭，吴先生送给她一张她所在的商场三千元的购物卡，说是他单位的福利，他用不上，送给她买件裙子什么的。她心里一暖，以为他会有所暗示，还要带她去某个地方。她惴惴不安地坐在汽车后座上，车窗外黑乎乎的一片，等到再明亮起来时，车竟然停在了她租住的小区门口。他礼貌而斯文，面带克制的微笑，仿佛他们刚刚相识。

再或是某个阳光灿烂的午后，他约她一块儿去郊外，沿着溪流去探寻上游的瀑布。他带她走一条驴友们都不知道的僻静小路，找到几棵结满秋桃的果树。或者带她去申碑路新开的川菜馆吃火锅，边吃边看川剧中的变脸表演。她知道他是在尽力带她体验一些新鲜好玩的地方。既带她看遍世间繁华，又带她坐旋转木马。但他再也没提出跟她幽会，仿佛他突然性无能了。直到某个冬夜，一场大雪飘下来，他带她去影院看一部美国大片。从影院出来，走上萧索的街头。他忽然说，我们去开房洗澡吧，太冷了。她像是期待已久，又像是完全生疏，尴尬、紧张，却无法回绝。进得酒店房间，暖气很足，他们像是由严冬进入夏季，情欲也极大地萌发。他将她抵在窗口，如饥似渴，三次都不肯作罢。

之后故技重演。吴先生又消失了，像是突然蒙受了牢狱之灾而身不由己。再拨打她的电话，又是几个月之后。他重新带她去登山，去游泳，去郊区很远的一家名叫“三碗不观潭”的农家乐餐馆吃地锅饭。他仍然充满了友善与温情，却彬彬有礼，再无一丁点儿冒犯她。如此反复，她认识吴先生五年时间，他们一共去过酒店大约十次，平均半年一次。吴先生就是这般奇怪的人。他从不提及自己的家庭，仿佛一切都是个谜。她觉得自己也挺神的，竟然绷得住，拿得起，放得下，从来没有问过他。她一直觉得自己没有看透他，就像一个穷得一无所有的人，与他交往没有一丁点儿筹码。

直到她认识了周一尘，家里催着结婚，她才将消息告诉了他。她和周一尘去拍婚纱照，她将自己头绾发髻、身穿红裙的试装照片发到了他的手机上。过了很久，他回复三个字，武媚娘！她又将自己和周一尘的合影发了过去。他回复四个字，长得像我！结婚当天，她看到吴先生赶到婚宴大厅，安静而孤单地坐在一个角落里。等到宴席中间她逐桌敬酒时，却再没看到他的身影。

除了吴先生之外，她再没有做过其他出格的事情。而且认识周一尘之后，吴先生也正式淡出她的生活，两人再无勾连。她和周一尘的生活虽然平淡无奇，但从没同床异梦。唉，她无法理解、无法消化这令人绝望的事实。正在菜池洗着胡萝卜，她陡地想起网上各种各样奇怪怀孕的情况，去游泳、泡温泉也可能会怀孕。她立即擦干手，跑到书房的电脑上查看。一通百度搜索，原来是记错了，那是一些稀奇古怪地被传染上性病的事例，去公共游泳池会传染性病，甚至银行女职员数钞票之后上厕所也可能传染。她更加糊涂且怅然了。

她翻出家里的相册，将航航的照片和周一尘小时候的黑白照片放在一起对比，她看着那鼻头、眉毛和眼睛，嘴角微微上翘的弧线，还有同样微露怯意的神情，不但像同一个小孩，还像用同一张照片精心 PS（指对图像进行编辑处理）的。她的身体从生硬的仪态中陡地放松，一直缠绕她的抑郁与痛苦似乎得以缓解。

“熬的粥都溢锅了！你在看什么？”周一尘站在书房门口说。

刘丽莉心里一紧，想将网页关掉，指尖颤抖了几次，还没点着右上角的关闭键。周一尘走过来，她竟然控制不住地“啊”了一声。周一尘冲电脑瞟了一眼，盯着她追问道：“性病？”

“没……”刘丽莉急着要站起来，膝盖却磕在了书桌的边棱上。她尖叫了一声，咬着牙弯下了腰。周一尘无动于衷地看着她，眼神机敏而诧异，像是静待她继续演戏。她瞪了他一眼：“你知道什么！”

他看到桌上并排放着的两张照片，左侧是自己的，右侧是航航的。自己的照片年代很久远，他平时都搞不清存放在什么地方，现在见到刘丽莉这样将它们摆在一起，他更加狐疑了。

“父子俩的照片有什么可研究的？”

她一下没忍住，脱口而出道：“你看看，说航航不是你的亲生儿子，你信吗？”

周一尘抬起头，表情僵住了，如同挨了一记耳光。他脸色阴沉，像是在琢磨她话的含义，盯着她脸上细微表情的任何一点变化。刘丽莉没来由的话令他大为光火，而又陷入一种欲知事实真相的复杂情绪里。他屏息不动，如坠深渊。

3

“我不会因为这个生气的，不管怎样我都会一如既往地爱儿子，但是我昨夜考虑了一下，还是要带航航做个检测。”周一尘清晨起得很早，并且难得地准备好了早餐，热了牛奶，用面包夹着火腿肠和煎蛋做成了三明治，他还没忘均匀地抹上番茄酱。“毕竟我得搞清楚，我这个爸爸到底是不是冒牌货。”他语气平和，口吻轻松，仿佛不用跟刘丽莉商量，他自己单方面已与航航达成了默契。

航航向刘丽莉叫嚷道：“爸爸说我今天不用去上幼儿园啦！”他抓起三明治大嚼，里面的鸡蛋煎得太嫩，蛋黄的汁液流出来，糊在了下巴上。

“检测可以，但你做好接受预想之外的结果的准备了吗？”刘丽莉故作轻描淡写地说。

周一尘脸上荡漾着爽朗的柔情，略微皱了下眉头，“当然，其实我不是怀疑，而是想确信，确信我是航航生父的事实。”他甚至还笑了一下，露出标准的八颗牙齿。刘丽莉走到餐桌边坐下，拿起一片面包往嘴里塞，举到一半，手臂软下来，没有丁点儿胃口了。“嘀，这个问题不搞清楚，你会百爪挠心吧？”

周一尘轻轻一笑，不置可否。

“但不能让你爸知道，我答应过他不能泄露秘密。”

“我父亲也真是糊涂，假如真如他所说，怎么能瞒着我？我还是他亲生的吗？”周一尘有点愤然。

刘丽莉轻声说：“他的想法很古板，很迂腐，但是充满善意，尤其他说要替我保守秘密，我……无法责怪他。”

“他倒是为你着想了，可全然不顾及我。”周一尘摇了摇头，“我知道，他是忌惮我的反应，怕这事对我打击太大，我承受不住啊。”

“假如检测不是的，你拿我们娘儿俩怎么办？”刘丽莉故意挑衅似的问道。

“我都不担心，而且有信心，你还有什么不放心的？”周一尘的语气和腔调听起来振振有词，但细琢磨却很含糊。

他是默认现实？不管有无血缘关系都把航航当亲儿子抚养，还是恩断义绝？一旦发现自己是“喜当爹”，立即将她娘儿俩扫地出门？从他的态度看，既像是模棱两可，尚存迟疑，又像是决心已定，只等结果。

她不禁有些生气了，任性地问：“你是不相信我，还是不相信儿子？”

“我爱航航！这还不够吗？”周一尘将牛奶杯蹾在餐桌上，他情绪有点激动，像是急于为自己辩护。

“我爱妈妈。”航航被他俩的争吵惊吓到了，怯生生地说。

“那就行，你爱航航，这是内容，鉴定结果只是个形式，你何必在乎呢？”刘丽莉讥诮道。她用餐巾纸给航航擦干净嘴角，拍了拍他的脑袋瓜，“妈妈也爱你，宝贝！”

周一尘像被噎了一下，但他很快缓过劲儿来，微微一笑说：“形式固然没有内容重要，但形式和内容要统一，知道不？”

“切，形式只是形式，永远不能和内容等同。”她不屑地说。对于他的诡辩，她真有点气恼了。

“但它们大体类似……”他目不斜视地轻声说，“不论结果如何，我都会保密的。我对天发誓……”

刘丽莉闭上眼睛，心里忽然涌上一股酸楚与寒意。她克制住自己的情绪，不想再吭声。跟他说话，像拳头打在棉花上，打在水里头，十分费精神。而他的承诺来得如此轻松，让她觉得好像自己真的对不起他，也对不起航航。泪水在她眼眶里打转，差点流出来，但她忍住了。

他端起牛奶杯一口灌进肚里，掏出手机玩，刷微博或是看微信，手在屏幕上划来划去。他像是极有把握，能将一切都弄得妥妥帖帖。她有些泄气，心里的愤怒和委屈像是呕吐至嗓子眼儿的秽物，又生生地咽了下去。丈夫竟不能当个体己人，好似陌生人般隔了层层藩篱。她不是矫情，而是有点心灰意冷。

周一尘从机关最底层的职员干起，兢兢业业十年磨砺，历经若干次大大小小的变迁和曲折，一般没有韧劲的人，恐怕早就半路放弃了。他的许多同年龄段的同事，都喜欢上了书法、摄影，或者热衷于骑行、登山等户外运动，工作上的事情能推就推，能躲就躲，俨然已经看透官场，重新热爱上了生活。可他仍然意气风发地干着一个副科级实职（享受正科级待遇），他一辈子的目标是甩掉职务后面的括号，升任正科级实职，尝尝一把手的权力滋味。刘丽莉常嘲讽他分不清欲望与理想，从而把自己污浊的欲望混同为高远的理想。他的意志力和决断力是很顽固不化的，他拿定的主意几乎成了思维定式，改变他比登天还难。

刘丽莉光着脚蜷在沙发上打盹，她的表情呆滞而沉重，假想的结果在她的脑子里打转转，斗争得快要昏过去似的。她眯缝着眼睛，见周一尘带着航航出门之后，竟然心虚般地来了精神。她从手机里调出吴先生的号码，看到那熟悉而陌生的名字，心乱跳如鼓。

4

落地玻璃窗使咖啡馆光线充足，原本有些阴郁的内装修也显得明亮。他俩相对坐在一个靠窗的位置，阳光自然地倾泻而入，在暗红色的地毯上投射出一对恋人般的剪影。她冒失地给他打电话，并不能确定能与他会面。但他好像期待已久，甚至就像一直蹲在街口等待着她的一声召唤。只消几分钟，他就赶到了这间画布咖啡馆。地点是他选定的，很贴心地选在了她的家门口。她都来不及告诉他，自己几乎从不喝咖啡。

她其实在内心鼓了很大的勇气，才敢约他见面。她感到十分困扰，担心他会控制不住地产生其他联想，起码从她的真实想法来说，不愿跟他旧情复燃。只是遇到这种隐秘的麻烦事儿，她在房间里踱来踱去，紧张而焦灼地熬过一整天，竟然只想起了他。虽然很久不联系，她似乎对他有种心理上的天然依赖感，天生没有隔阂，内心的苦衷想跟他说一说。

“泡茶不能用开水。”他冲服务员嘟囔道。他看了看有点发黄的茶水，沉重地叹了口气，一点也不掩饰他的不快。她对他像个大男孩似的毫无顾忌的表现感到吃惊，同时也有点幸灾乐祸。她用钢匙搅动着咖啡，撞击杯壁发出叮叮当当的声响。绿茶与拿铁咖啡，仿佛让他和她拉开了距离，却又如此亲密熟稔。咖啡厅里只有他们两个人，静谧的上午与阳光相伴。

她看了一眼他的脸，和三年前变化不大，只是鬓角处露出一截白发茬，略显窘相，但他的眉毛、鼻梁都有棱有角，举手投足如同精心保持着一种格调，透出中年男士成熟、精干的神气，让她略感惊奇。他一直在做各种小动作，整理桌上的手包、果盘、烟灰缸、星座测试仪，甚至一丁点可见灰屑也要擦拭干净，像有一种强迫症发作般的焦灼感，又像是在刻意掩饰自己的不安。她想，他要是能像自己一样心无旁骛地安静一会儿就好了。

“我可能……我可能陷入了一场麻烦……”她说得吞吞吐吐，如同喉咙里卡着一根鱼刺。

“可能什么？”他吃惊地看着她，像是她说错了话。

她后悔没有事先排练一番，她讲得磕磕绊绊，有点结巴。她本以为三言两语就可以说清楚，但很快发现并非如此。从周无涯、周一尘，讲到航航，讲到婆婆曾庆芝，需要讲的枝节像破棉絮越扯越多，直到讲到那个欲盖弥彰的“三角形”，简直有点狗血。而她需要强调的是，这些狗血并不想溅到他身上，甚至连血腥气也不想让他闻到。她只想让他给出出主意，现在周一尘已经知道了，“三角形”已经被她单方面拆毁了，但形式上还没有垮掉，她该如何突破困局，自我拯救。

“你确定周远航与周一尘的血缘关系没有问题……”他沉吟着躲开她的目光。

“当然！”她粗暴地打断他。她不知他出于什么样的古怪心理，会问这样无礼的问题。她气息难平，觉得他出言不逊，好没道理。他的问话粗鄙不堪，而且缺乏真诚。这种冒犯让她瞬间觉得与他很有隔膜。

但他好像不以为然，一直微皱着眉头冥思默想，乍一看像有点胃疼，所以面带轻微的不适。她观察他的面部表情，他是个警察，专擅揭露别人的伪装，那么他装什么表情肯定也都是可以的。他慢条斯理地喝茶，一口一口，像是已然忘了那被开水烫得发黄的茶水口感并不好……

忽然，他眉梢一挑，从桌上的手包里取出便笺纸和笔，趴在桌面上写下三个名字：周无涯——周一尘——航航。“你看，周无涯说他和航航之间有问题，相当于有断裂，对吧？但你确定周一尘和航航之间没有问题。”他在周一尘和航航之间的横线处打了个对钩，“那问题只能出现在这儿……”他在周无涯和周一尘之间的横线上打了个凌厉的叉。

像尖玻璃从她的心口划过，让她耸然惊醒，将她从如临深渊般的绝境中拉了出来。她原本找不到丝毫破绽的逻辑被他生生剖开了血口子，阴郁的心情瞬间粉碎，狗屁的“三角形”见鬼去吧！她真庆幸，约他见面真是个明智而正确的决定。她心里一阵抽搐，随即又感到一阵奇异的舒服。桌面上一个西瓜形的鱼缸里，几尾金鱼舒缓地游动于水草之中，自在地漂浮，看上去赏心悦目。

“吴秋明，真佩服你，不愧是个侦探……”她亲热地喊出了他的名字，她很少对他直呼其名的，但此刻她控制不住似的，浑身有点软乎乎的。

他脸上挂着淡淡的微笑，对她的赞美既没有附和，也没有反驳，平静地说：“真相有时很简单，只是被我们自我忽略和遮蔽了……”

她连连点头，心里涌动着一股柔软的情绪，与他短暂的相处，自己就获益很大。她为刚才对他秉公办案般的问话产生的误解感到羞愧，自己真肤浅啊。

他的喉结动了动，欲言又止地说："丽莉……我们……找个地方坐一会儿？"

她立刻明白了他的意思，不能跟他纠缠不清，刚刚复苏的像柔风一样的感觉，立刻冷却下来。她涨红着脸说："别给我添乱……"她敢联系他，是因为她相信自己对他已具有免疫力，在流逝的光阴里不知不觉产生了抗体。这次相见，他们像是通过了一个漫长而幽暗的甬道，重新相遇在一起。一切看起来如常，一切却又完全不同。

5

周一尘捧着那份亲子关系鉴定报告书，如同捧着救世主！他一遍一遍地轻声念着鉴定结论："被检父周一尘是被检子周远航的生物学父亲，从遗传学角度已经得到科学合理的确信。"他脸上露出劫后余生般的笑容，一遍遍地审视，悲喜交加，差点哽咽。他抱起航航，用脸上的胡茬使劲儿往航航的脸蛋上划拉了一下，在航航"哇哇"的尖叫声中获得作为父亲的存在感。

他深情地看着刘丽莉，犹如突破重重帷幕，重新认识她一般。他兴冲冲地说："不知我爸在哪儿检测的，肯定是个骗子，将他骗糊涂啦！"

刘丽莉心里暗笑，这个结果在她的意料中。但她没想到周一尘会认为周无涯做的检测有问题，真令人感慨。她想忍没忍住，揶揄道：“如果你爸爸去做的鉴定结论也是真的呢？这又不是什么复杂艰深的检测技术，人家犯得着骗他吗？”

周一尘咧嘴大笑的表情瞬间凝固住了，慢慢走形，变成了惊愕。他像被什么锐利的器物戳住，动弹不得。不消说，他意外地、迟疑地醒悟了。

“你什么意思？”

“没意思，只是事情可能不像你想的那么简单。”

他沉默了，像是陷入无法辨识的迷境。在那短短的一瞬间，她反而感受到一股低浓度的快感。你不是不相信，硬要去检测吗？不是要做到内容与形式的统一吗？那就这样吧，事情恶劣到这个地步，只有你自己去承受了。看着他受虐般的表情，刘丽莉觉得他真是作茧自缚，自讨苦吃。

他重新拾起桌子上的鉴定报告，像阅读一封来历不明、内容可疑的书信。他目光混沌，神思恍惚，不得要领。刘丽莉像吴先生那样在纸上写下他们三人的人物关系，然后在周无涯和他之间打了个叉，比吴先生打得更武断、有力，然后抛给他。她开始在客厅转呼啦圈，抬手、甩腰、扭胯……她投入而专注，其间偶尔瞥他一眼，他四肢硬邦邦地坐在沙发上，脸色灰暗而阴沉，又呆又愣，完全傻了。

“你给我妈打个电话。”他低沉地说，“让她来我们家一趟，就说咱俩要外出办事儿，让她照看一会儿航航。”

她本想拒绝，但看到他那被噬咬般的痛苦表情，实在无法狠下心来。以她的初衷，不想掺和这件事情，她一直被动身陷其中，如同被挟持了、绑架了。她真巴不得他快点发作，像酒后掀桌般地击碎这令人不堪的困局，她盼着他一下子解决掉这件事情。

公公和婆婆住在老城区，周一尘和她结婚后，在新城区买了这套三居室。平时分开住，周末聚餐一次，两代人各自保有独立的生活空间，既能相互照应，又两不相扰，一直相处得比较融洽。但是，现在因为公公周无涯一次心血来潮的检测，按部就班的生活变得混乱而飘摇起来……

过了一会儿，外面响起了敲门声。刘丽莉连忙开门将婆婆迎进来。其实不用看，只消轻轻一闻，她也知道是婆婆，她身上有一股老年妇人特有的酸腐味儿。婆婆挥着一包散装点心，脸上荡着夸张的笑："航航——"

"奶奶！我要，我要徐福记！"航航正在阳台上玩脚踏车，叫喊着跑过来。

"乖，你一边玩去。"刘丽莉轻声说。

周一尘听见响动，从书房里探出头，神情冷峻地说："妈，来书房里，我有事情说。"

婆婆诧异地看了看刘丽莉，有点不明所以，迟疑地说："你们……搞什么名堂……"刘丽莉垂下眼睑，仿佛与自己无关。

婆婆走进书房，看到周一尘关上门，刘丽莉心里忽然一阵松落。让他们母子去谈吧，深入地谈，赤裸裸地谈，推心置腹地谈，自己根本就不想参与，免得有僭越之嫌。她坐在客厅的沙发上看电视，航航仍旧玩他的脚踏车。他玩得非常熟练，能从阳台滑过客厅，在餐厅绕一圈，钻进卧室，沿走廊回到原点，在逼仄的空间里灵巧地滑行自如。她做了个安静的手势，让他停歇下来。她屏息凝神，想探听一点书房里的响动。

书房里非常安静，像海啸已经平静地开始，又像是飓风之前的短暂宁静。她听到嗡嗡嗡、哄哄哄的声音，大约是周一尘在低声说话。那声音不紧不慢，低沉而含混，像午夜里北风的呜咽，让人心里不由打个寒战。

“畜生啊……”房间里忽然传出婆婆的尖声喊叫，接着像被人捏住了鼻子，声音堵在了肺腔里，像悲伤地哭泣，又像是被捆绑住似的激烈挣扎。从外面听起来，先是打斗，接着是痛骂，骂人的嘴巴四处漏风，陷入胶着……她心里咯噔一下，有点不知所措，像是在错误的时间看到了错误的东西，却并非她的本意。

“吧嗒”一声，书房的门忽然开了，周一尘走了出来。他目不斜视地跑到卫生间里，拿出便纸盒里的纸卷，重新走进书房，“砰”地关上房门。刘丽莉又生气又好笑，他对他娘如此不讲究，客厅的茶几上就有抽纸盒，他竟然跑到卫生间拿纸卷给他娘擦眼泪……

一番喧闹，重新归于安静，又是嗡嗡嗡、哄哄哄的声音，像是置身于高速飞奔的火车的车厢。他们母子大约已经亮出底牌了，经过激烈的争辩与指责，进入了一种客观冷静的谈判状态，正在寻求最终的解决方案。她希望他俩能够合作成功，同时洗脱自己的罪名。

她一边蹑手蹑脚地清理客厅的杂物，一边留意着书房的动静，心情竟然有点兴奋，有一种路人看热闹般的快意。

“吧嗒”一声，书房的门再次打开，周一尘先走了出来。他神情悲怆而严肃，像无声无息地绷着一根纤细的弦，随时会断裂，会爆发。过了一会儿，婆婆也悄无声息地跟出来。她面容黯淡，眼睛略微有点红，整个人像一根蔫黄瓜似的。

“丽莉。”周一尘坐在沙发上，示意她也过来坐。婆婆坐在一侧，还不停地吸着鼻子。

“这件事情到此为止。”周一尘吞咽了一下唾沫，完成一项重大使命般地说，“再理论下去，对我们都没好处。”

刘丽莉静静地听，等待他说出一些有说服力的理由。他嘴角抽搐了几下，沉痛地说：“我带航航去做检测的事情，只有我们三个人知道。像你们之前那样，也构成一个‘三角形’。我们谁也不能向我父亲透露。首先我母亲肯定不会，如果走漏消息只有丽莉你和我……”

刘丽莉怔在那儿，他的话充满了微妙的暗示，让她似懂非懂。吴先生的推测真的被证实了？多么荒唐，多么真实，又多么可怕，她的心剧烈地跳动，有一种震颤得要浑身发抖的感觉。

“当然，你们三人之间的‘三角形’的秘密，现在被我知道了。但今后我完全当作不知道，你们要重新把它包在纸里头，让它密不透风，不要让我父亲发现我知道……我们这个

‘三角形’的秘密等级更高，绝不能像你们的‘三角形’那样轻易地被泄密……”

一个家庭里有两个三角形，是以前喜欢搞三角恋吧！父亲是中学教师，喜欢三角形，儿子竟然如法炮制，也学会了，真不愧为父子啊，不是一家人不进一家门啊。刘丽莉心里暗笑。

婆婆嗫嚅道："那……丽莉愿意背黑锅？"

三个人都陷入了沉默，懈怠地听凭时间一秒一秒地流逝……刘丽莉见婆婆没有了平时的轻慢，身形佝偻着，仿佛在这短暂的时间里苍老了几岁。她虽不情愿，但最后还是无奈地点了点头，有什么别的办法呢？反正周一尘知道她的清白就行了。

婆婆不禁低叹一声，说："你爸一辈子待我不薄，现在年纪大了，我也不希望这事儿捅破……只是，让你受委屈了，丽莉。"

刘丽莉的心忽然被柔软地触动了。同样的事情发生时，公公周无涯和儿子周一尘都只有一个念头，绝不揭穿真相。他们共同回避破碎、难堪的现实，自己戴着隐忍的面具让生活继续……这一点，想想虽然很可笑，其实又挺可怜、可叹。

6

这个周末家庭聚餐的菜品除了炖鸡汤、烧猪排、煎白鱼这熟悉的“老三样”，婆婆还另加了两个别致的小菜，雪菜炒冬笋、水晶虾仁，还从街上卤品店里买来了酱味鸭脖，刘丽莉明白这是迎合自己的口味；那道小炒肉里面，特意添加了妙脆角，显然是为讨航航的喜爱。婆婆装着漫不经心，其实费了一番精挑细选的心思。周无涯更是奇怪，平素根本不吃水果的他，竟然去超市买了山竹、莲雾等平时舍不得买的热带水果摆在茶几上。以前婆婆做菜，周无涯从来不去厨房看一眼，自顾坐在客厅跷腿看闲书，这次他竟乐颠颠地剥葱剥蒜，擦碟洗盘，搞得家里涌动着一种节日般的气氛。

航航从果盘里抓起一只山竹，往桌子上磕了几下，掰个豁口，雪白的果肉刚刚露出，汁水已溅了一脸。“哟，慢点儿！”刘丽莉呵斥他，“也不洗，就知道吃。”

周无涯正在开一瓶红酒，冲航航笑眯眯地说：“洗过的，甜吗？”

“甜！”航航用力地点着头，“爷爷你怎么买这么多好吃的呀？”

周无涯没再理他，他将红酒倒进醒酒器里，握着醒酒器细长的脖子慢慢摇晃，看上去专注而投入。

吃饭的时候，大家都没话。只有航航像只猴儿上蹿下跳，乐不可支。周一尘等会儿回去还要开车，不敢喝酒。周无涯给刘丽莉倒了半杯，他不怎么吃菜，只是频频独自举杯。婆婆不断地往刘丽莉碗里盛鸡汤，劝她多喝一点儿。香喷喷的汤味弥漫了整个房间，像一股潜在的气流，让人的情绪缥缈起来。几个人脸上安之若素，但却各怀心事。

这时，电视里财经频道的一则新闻吸引了周无涯的注意，在北京举行的“人口与城市化发展论坛”上，某大学经济学研究教授说“人口问题已经成为中国经济发展面临的重要问题，我国的生育率已经降到了1.5以下，远远低于2.1的维持每一代人人口不变的更替生育率……”

“看到没？”周无涯像是发现了新大陆似的，眼睛直放光，用手指着电视屏幕，“中国人口出生率不断降低，几十年后将酿成难以估量的灾难性后果……”

周一尘一直默默地吃着煎白鱼，他用筷子仔细地将鱼肉剥掉，确保吃完焦黄的鱼肉之后，鱼刺还完整得像出土的骨骼化石。他瓮声瓮气地说：“人口少点更好，年轻人找工作才有更多机会。”

周无涯把红酒杯往桌上一蹾，起身钻进书房，找出一张报纸说：“很多人都以为中国人口多，然而，人口是否太多，不能看绝对数量，而要看人口密度。”他刚坐到椅子上，想起什么似的，又起身去电视柜的抽屉里翻腾，找出他的老花镜戴上，指着报纸念：“我们来看一组人口密度的数据：中国为135人/平方公里，韩国为470人/平方公里，日本为335人/平方公里，德国为235人/平方公里，英国为245人/平方公里……”他摘下眼镜，瞪着眼睛说，“即使去掉中国西部不适宜人居住的地方，中国的人口密度也不过与英国和德国相当，仍远不及日本和韩国。而英、德、日、韩等国的经济和社会的发展程度足以证明，中国当前的人口密度并不是中国发展的障碍……”

婆婆不耐烦地说："闭嘴！吃个饭不要唠唠叨叨的，唾沫星子乱飞！"

刘丽莉向来不插嘴公公讲的大道理，自顾着给航航挑妙脆角吃。

周一尘说："不管怎样，还是像美国、加拿大、澳大利亚那样人口密度小比较好。"

"没有可比性。"周无涯挥舞了一下手，他用眼角的余光瞟了一下曾庆芝，像是观察她是否反对他的长篇大论，"为什么美国、加拿大、澳大利亚等北美洲和大洋洲国家的人口密度比较小，而中国、日本、英国、法国等亚洲和欧洲国家的人口密度比较大？这是因为，北美洲和大洋洲属于'新大陆'，而亚洲和欧洲属于'旧大陆'。'旧大陆'已有几千年的文明史，而'新大陆'的开发时间比较短，所以'旧大陆'的人口密度当然比'新大陆'的人口密度大。因此，把中国的人口密度与美国做比较是不恰当的。应该把中国的人口密度与'旧大陆'的国家相比，这样比较来看，中国的人口密度并不算大……"

周无涯真不愧原来是中学高级教师，一番慷慨陈词般的演讲，似乎把大家都说服了。他重新给自己倒一杯红酒，抓住大家沉默的空当说："现在政策也放开了嘛，咱们家符合生育二胎的条件，一尘你和丽莉应该考虑再要一个孩子！"

他猛地抛出这句话，令人瞠目结舌，原来那些人口形势的理论都是铺垫，原来真正的目的在这里。他一定早有准备，甚至蓄谋已久，刘丽莉真佩服他这种心机。

周一尘看了看刘丽莉，说："中国人口问题的危机不是数量，而是结构，男女性别比严重失衡。"

刘丽莉笑了笑，和周一尘演双簧般地说："是啊，航航长大了，可别找不着老婆。"

"再者说了，国家的人口形势与我们这样的小人物能有多大关系？"周一尘终于将面前的几尾煎白鱼吃得干干净净，"我们太渺小了，连一粒尘埃都不算。我看到一种说法，说地球是外星人囚禁人类的监狱。想想吧，我们将自己的小日子过安稳就行啦，操那么多心干吗……"

婆婆冲刘丽莉努努嘴，压低声音说："别听老东西胡扯，在那里瞎掰掰。"

周无涯一仰脖将杯里的红酒喝完，没吃米饭。他十分疲惫地坐在沙发上，像个鼓胀的大气球被人戳了个破洞，看上去灰不溜秋，毫无生机。

7

刘丽莉没有料到公公周无涯会在半路上堵住自己。她从幼儿园接了航航刚拐出街口，他猛地从角落里钻出来，"哎！哎！"一边大叫一边挥舞着手，像个疯癫的长臂老猿。她还未来得及将车停稳，他已跑到近前，敲打着车窗喊"航航"。路口装有监控探头，也没有停车位，刘丽莉将车子缓慢地往前开，想寻找一个合适的停车之地，但周无涯以为她不停车，一边挥着手一边跟着车子跑，改口“刘丽莉！刘丽莉！”地大叫，引得路人纷纷看过来，让她尴尬而难堪。

他终于追上来，趴在车窗上，急促地喘着气。刘丽莉说：“路口不让停车。”他像是没听见，从西装口袋里掏出一小铁盒糖果，递给坐在后座的航航说：“航航，喊爷爷。”航航接过去，高兴地喊一声“爷爷”，就埋头撕扯铁盒外面的塑料膜。这种糖果往往包装华丽，其实是杂牌子，刘丽莉眉头微蹙，不想让孩子吃，却又不好当面制止。

“你想好了没有？”打发了航航，周无涯走到前车窗边，脸上带着一种慎重而殷勤的神情。

刘丽莉略一发愣，像是明白他问的事情，却又觉得他问得别扭，反问道：“想好了什么？”

“孩子啊，你和一尘再要一个孩子。”他苦皱着眉头，失魂落魄地说，“我想喊你去家里谈，毕竟我们三个是知情人，是参与者，也是见证者，但你婆婆没来由地打击我……”

刘丽莉觉得他想得可真远，跳跃性的思维，真有点天真。单凭他自己去做的一次祖孙关系鉴定，竟然产生让儿媳妇再生个孩子的想法。但看他的眼神，仿佛这就是他最纯粹、最迫切的期待了，他如此一厢情愿，思想单纯，而又自以为是，糊涂透顶。

她看到他下巴处好像有一道血痕，结了褐色的痂，忍不住问道：“你脸上怎么了？”

他的脸色顿时发灰，嘟囔道：“曾庆芝说我犯了抽风病，在家里胡乱生事，真是女人见识……我俩干了一仗……”他摸了摸嘴角，“她抓的，真狠啊……之后一直跟我冷战……”

刘丽莉哭笑不得，他暗中进行检测，然后在有限的信息中笨拙、草率地摸索，得出一个没有任何价值的推断。他粗枝大叶的思维，让整个人显得愚蠢、荒唐而又无辜。

“你和一尘必须再要一个孩子，一个我们周家真正的血脉，这件事不能让一尘知道——当然，假如他知道的话，也肯定会同意我的观点——我不是逼迫你，因为我决计不会告诉他。我上次当你们的面，已经提出建议，你们要好好商量，这是现实的情形使然……现在曾庆芝还不理解，在家里大吵大闹，你应理解我的苦心啊……”他看上去萎靡而单薄，一脸的哀伤，差点要流泪了。

她真有打他一耳光的冲动，或者直截了当地点醒他，替他拨开眼前浓雾般的遮蔽，让他黑暗、糊涂的世界里见一点光亮……他近乎愚昧的逻辑形成了一个道德基调，她不按他说的那样做就是不识好歹。可他不知道，周一尘和他的血缘关系不确定，就算她和周一尘生再多孩子，也经不住他去隔代检测……

她看着可怜兮兮的周无涯，忍了几忍，最终还是绷住了。她喃喃自语般地说："这个问题，不是我一个人做得了主的……再说，要孩子可不是一件小事情，得好好筹划一番……”

他的手猛地挥舞一下，瞪着眼睛说："我生的儿子我知道，一尘没主见，一切还不是听你的！”

他说他生的儿子他知道，真好意思说出口啊……她差点笑出来，但心里却一阵苦涩，百口莫辩。他一万个不明白，而自己一万个不能说。她原以为自己已经摆脱了干系，没想到陷入了一个更复杂的怪圈。这件事情本经不住推敲，但他显然迷到一根筋上去了。她感受到他那急迫的、孤注一掷的渴望，实在不忍心道出实情，自己真是被逼入了一种苦修的教徒般的难言境地。

她不想再跟他费口舌争辩，用自己也不相信的语调说：“你得给我时间……”

他宽容地看着她，脸上掠过一丝皱纹密布的笑容，连连点头道：“当然，时间没问题……时间没问题……我只要结果。”

刘丽莉挂上挡，想开车离开。他在窗外看了看后座的航航，欲言又止般地说：“我会永远替你保密……”

刘丽莉忍俊不禁，差点笑出声来，看他那信誓旦旦的口吻，仿佛是义薄云天之举。他沉浸在自己的世界里，像在运作一件顾全大局而又天经地义的大事。只可惜他无人可以分享，只有来折磨她。她希望这都是假象，自己刚才违心的表演能撑一段时间，既维护他首创的“三角形的秘密”，也维护周一尘继承的第二个“三角形的秘密”。这两个三角形都煞有介事，而又如此蹩脚，像两幕有内在联系又各自独立的滑稽戏剧，她既参与了戏剧的演出，又是唯一的观众。

8

她站在瑞庭酒店612客房的门口准备敲门时，心口忍不住怦怦地跳。她约吴秋明见面，想让他给出个主意，教给自己一点迂回之道。但他说在一个专案组办案，随后告诉她这个房间号。她有点不安，既信任他，又怕他不安分。但终归还是斗胆来了，一想到他的聪慧与睿智，她竟有着不可遏制的期待。细想之下，她面临的困局，也实在无法向其他人求援。

她敲开门，他面带微笑的脸露了出来。房间里并没有人，她疑惑地走了几步，还没有来得及问他专案组的人呢，就被他一下子按在卫生间门口的墙壁上，他疯狂地亲吻她。她挣扎着，用她的手包击打他的头。打了几下，她的手包被他劈手夺了去，扔在地毯上。他用一只手擒住她的手腕，按在头顶，另一只手粗暴地撕扯她的衣服。她的身体微微发抖，他总搞些这样意想不到的花样，让她无法接受，却又心里发颤，她惊呼道："你个坏蛋……我不……"但她口里刚喊出几个字，就被他的嘴巴给堵住了。

他的野性无礼使她神奇地获得了某种超脱感，像是进入了一种催眠的状态，稀释了平时的烦冗与刻板，体会到一种被放逐、被蛊惑般的欢乐。她不由得身体发酥，荷尔蒙似乎在被动地分泌，模糊的期待不断涌上脑际，然而她的潜意识仍然清醒，看到他额头跳动的青筋，像一头无知而野蛮的猪。她陡然心生别扭，甚至觉得生疏和厌恶起来。她抬起脚尖，朝他的裆部磕了一下。只听到他“啊”地叫了一声，一切都静止了，他的呼吸慢慢平复，只一小会儿，像是经过短暂的休眠，他仓促的野心无声地溃散了。

“哈……”他长嘘一口气，又轻轻咳了一声，解脱般地说，“丽莉，你真狠心。”他像是走出了迷雾重重的困境，竟然面带笑意。

刘丽莉撇了撇嘴，坐到靠窗边的软椅上说：“约你见面，是有重要的事情跟你商量，不是来跟你瞎混的……”

“瞎混？”他喃喃地重复了一遍，像是感觉她在他们俩之间画了一条线，将他俩隔离开来，而且他无法逾越。

他有点狼狈地从地上捡起她的手包，用手擦拭了一下，故作殷勤地给她放在茶几上，还给她倒了杯水。她微微点了点头，像是使劲绷住才没有笑出来。不消说，她原谅了他刚才的粗鲁与莽撞。

他从床头柜的烟盒里抽出一支烟，点燃深深地吸了一口。他半闭着眼睛，头微微仰着，看上去略显疲惫。他谦卑、内敛、任性，又具侵略性。他风度翩翩，但又疯狂透顶。他似乎没有意识到，她其实挺喜欢他这种歇斯底里的状态，给人一种非理性的错觉。

她把事情发展的来龙去脉讲给他听，他眉头微皱，随时捕捉一些容易忽略的细节。看他的神情，像是在下一盘棋。他是一个高明的棋手，在帮助她与所有人进行一轮博弈。他处变不惊，从容应对的气势，让她相信他绝对棋高一招，所有的问题都将迎来真正的解决。

待她讲完了，他没有说话，忽然起身去卫生间，过一会儿，响起了哗哗啦啦的流水声，他竟然去洗起了澡。她的心像被紧捏了一下，随即一阵空虚。她感到难过，亦十分困扰。她觉得她把事情讲得详略得当，他只要稍加梳理，便可厘清来龙去脉，拿出釜底抽薪的解决办法，让她摆脱这种让人近乎崩溃的折磨……

他洗罢，穿着短裤出来，用浴巾胡乱擦着身体，又撩起床单将湿漉漉的小腿抹了几把，然后眨着眼睛说："这爷儿俩还真有意思，曾庆芝的事情，周一尘怎么说？"

"他说他妈的婚姻当初是包办的。曾庆芝本来不情愿嫁给他爸……"她吞吞吐吐地说，"好像是因为家里出了什么变故，让周无涯捡了个便宜……"

他走到窗前，朝外面的大街上看了看，轻轻拍了拍她的后背，含混地说："我有办法对付他们……"他又从头顶往下捋了捋她的头发，似乎要让她变得温顺起来。她赞赏地凝视着他，体会到一种强烈的依附感。他的话像一根绳索紧紧地拴住了她，一个濒亡、解体的"三角形"将获得拯救，秘密将得以保全。她真佩服他，仿佛他身上蕴藏着巨大的潜力，一切障碍、沟壑，他都能够轻易跨越。

"你提取一样周无涯的检材，血痕、烟蒂什么的，到我们局的刑事科学技术鉴定所重新做一次鉴定。"他又开始抽烟，一边思索，一边下定某种决心，"当然，不用真做，我帮忙给你出一份鉴定，证明他和周远航的祖孙关系成立。”

在她还糊涂的时候，他捏了捏她的嘴角，笑着说：“伪造的啦，你郑重地告诉周无涯，他那个‘白求恩’的鉴定并不靠谱。”

“这样……可行？”

“你以为呢……他爷儿俩，一对傻帽儿……”他略带戏谑地说。

一切如此曲折，而又顺理成章。听起来有点拙劣，却是彻底隔离、冷藏两个“三角形”谜底的最佳办法。在又冷又热的情绪中，她忽有一种想大叫的冲动。他们周家父子硬与人生对峙，与生活较劲，整个家像被执拗的野马拖入越来越深重的泥泞和荒芜，不能自拔，多么愚蠢，多么可怜，又多么让人愤怒。唉……

“我们去吃烤羊肉，地道的蒙古烤羊肉。”

他说郊区新开了一家蒙古庄园，大块的烤羊排端上桌，客人坐在一个个羊毛毡围裹而成的白色蒙古包里用手抓着吃。她并不喜欢吃羊肉，更别提大块羊肉，想想都有点反胃，只是不想扫了他的兴致。从房间出来，她本不想跟他一块儿乘电梯，担心被熟人看见。在她略微踌躇的时候，他揽了一下她的肩膀，这个有点亲昵的动作让她打消了内心的不安。他身着挺括的警服，似乎都无戒备之心，她又何惧呢，何况他们又不是偷情。

快走出旋转门的时候，她眼睛的余光往酒店大堂瞟了一眼，感觉有点不对劲，说不太清楚，像是有一个熟悉的人影在眼前一晃，却没看清像谁。那张脸有点怪，像是皮笑肉不笑的面具，谈不上恶意，但也绝没一丝和气，只是有点奇怪。她脑子里的影像模模糊糊的，不能用力仔细琢磨，一用劲儿意念里就沦为虚空，什么也抓不住。

她停住脚步，想再回头看一眼，他正用手扳住缓慢转动的旋转门，晃着头示意她快点，她就紧走几步，慌里慌张地跑进了那个圆弧形的大玻璃罩子。

9

刘丽莉约周无涯谈谈。

他却丝毫没有表现出意外，像是知道她会尽快告诉他自己权衡思考后的结果。趁婆婆不在家的间隙，她想和他好好谈谈。但真正坐在一起，他神情淡漠地眯起眼睛，眼角几丛忧患的皱纹，像是无声地说，谈吧，谈什么，要孩子的事情到底怎么想的?

她使劲咳嗽了几声，想让自己镇定些，其实是对自己心虚的一种掩饰。她从包里掏出一份鉴定报告，递给了他。她跟他像是在演一场对手戏，而她内心明知这份报告对事件本身是无益的，甚至是反讽的，但作为一件道具，她不得不把它亮出来，她相信它将使事情得到天衣无缝的解决。

“这是市公安刑事技术鉴定所的鉴定报告，它证明你和航航具有确凿无疑的遗传学祖孙关系。可见你之前为熟人捧场做的检测，其鉴定结论并不可信。”她像背台词一样，念出这个在心底反复吟诵多遍的句子。她暗暗松了一口气，这句话抛出来，她就跨过了艰难的心理屏障。

这是既定的戏份，在这出戏里，她只是个配角，是个小人物，原本微不足道，甚至事不关己，但此刻，这份报告书是撬动全戏大结局的支点。她佩服自己对这出戏这么关心，这么投入。

“我没去抽血，怎么检测的？”他疑惑地问。

她平静地说：“你吸的一根烟蒂。”

他陷入长久的沉默，一动不动的，像一尊刚完成大致轮廓的雕塑，含混不清，看上去让人难以适应。唯有他的眼神，犀利而坚硬，让她有点慌乱。

她以为会石破天惊，会把他镇住，会让他惊叹，让他转悲为喜，让他高呼万岁。但是没有，他只微微瞟了一眼，脸上浮出一股诡异的讥笑。笑罢，他松垮的表情猛地一紧，突然翻脸道：“哼，这就对了，竟然还有这阴暗的勾当。”

她仰起头看着他，像被噩梦魇住了似的，惊惧地说：“你说什么……”

他霍地站起来，和先前判若两人，声色俱厉地问道：“你去酒店不仅是做那龌龊事，还为了密谋……”

她像熟睡的观众被戏剧散场的人流吵醒了，四周乱糟糟的，恍然不知身处何地。她的脸火辣辣的，宛如居于聚光灯下，无地自容。她的心房剧烈的震颤，如同刚刚经历一幕戏剧，被诡谲多变的剧情刺激得想要昏厥过去。

“瑞庭酒店大厅里……是你……”她猛然想起瑞庭酒店大堂里的人影，原来是他跟踪自己，她气得浑身战栗。

“是我。”他哼了一下鼻子，“幸亏是我，否则你的丑事不知还要隐藏多久。”

她恨恨地骂道：“我没有……”

“我只跟踪了你两天，就捉到你去酒店……”他晃了晃那份鉴定报告，一脸洞悉奸情后的得意，像是要癫狂了，“这是那个警察给你炮制的吧？玩这种把戏，骗鬼去吧！”

……狗屁的三角形的秘密，她竟一直倾力维护，替他们藏着掖着。她当真迷信了那个虚无的三角形，像个帮凶一样给它搭建支架，希望它永远稳固。现在它的始作俑者让它分崩离析，坍塌成一片废墟，多么荒谬啊……她想与世界交好，但好像一开始就受到一个邪恶幌子的欺骗。这宿命般的隔阂与背叛像一道天然鸿沟，她一脚踏空……她原本想虎口救人，终于以身饲虎……这个砢碜的、羞辱的结果让她的脸变得紫涨，周身的皮囊尽被扒去，五脏六腑都没了知觉，整个身体都僵了。

“周一尘任你摆布、欺骗，但我绝对不好糊弄。”他如同一个运筹帷幄的斗士，突然神采焕发，气度从容，透出一种身负异禀、藐视万物的骄傲劲儿，“现在，我眼见的事实比鉴定报告更可信，更有说服力……”

她被逼入一个毫无经验的迷宫，剥离了一切伪装，他的话像皮鞭一样抽打她，像密集的子弹射向她，让她灵魂出窍般地崩溃了。她看着他阴鸷的眼睛，气得直哆嗦：“那些你不知道的事情，真是活该……”

“我知道你的底细就行。”他哼了一声，摇晃着光秃的脑袋，脸上甚至有点狰狞的笑意，他像是发现了她隐秘的巨大特质，愈见到她污糟的底细，洞察她的卑微，他愈是痛快。他轻轻叹了口气，像是不得不揭开一个阴谋的内核：“你真不可救药！”

她绝望地啜泣起来，悲伤的泪水夺眶而出。她看着他秃顶的脑壳，怪兽般阴狠的脸，闪烁着令人恐怖的色泽。而自己像是置身一个阴森森的黑洞，不断地往下坠。她陡然绝望般地笑了起来，并且控制不住般地越笑越厉害：“无论怎样，我坦坦荡荡，清清白白。”想了一想，又泄愤般地说：“倒是你应该想一想，在确定航航是你的孙子之前，应首先确定周一尘是你的亲生儿子。如此简单的道理，你是真不明白，还是故意装糊涂？”

她的声音很轻，但却透着摧毁一切的力量。他的脸色先是沉静，接着骤然惊骇起来，猛地不自觉地拍了一下自己的大腿，“噢”的一声，从高音到低音拖着长腔，像是大彻大悟般地瞪圆了眼睛。“难怪……如此……”他像是沉迷于某种思考，忘我般地自言自语道。

“终于明白了？”看到他脸如死灰般地僵住，身体如一尊朽木呆立不动，她负气般地说，“你若再子虚乌有地诽谤我，或者继续跟踪我，我就将周一尘不是你亲生儿子的事情说出来。”

他用眼睛翻了翻她，像是终于认清了她一般，重新审视和观察她。她越发有点得意，故作轻松地说：“对了，按你的设想，你，我，还有那个警察，这又是一个三角形，哈哈，三角形的秘密，希望你能保守……”说完，她忍不住又笑了起来。

她看到他的嘴巴张了几张，喉咙一呛，“啊”的一声，要呕吐似的哈着腰往卫生间里跑。看着空荡荡的客厅，她眩晕般地坠入一片虚空。与此同时，她又感觉自己像是挣脱了某种虚妄的纠缠，终于寻找到一个肉身的庇护之所。她稳了稳心神，估计婆婆快回来来了，转身带上门离去。

10

周六晚上，在公公婆婆家里吃完周末的家庭聚餐，刘丽莉终于释然。她去之前心里挺害怕的，不知道该怎样面对公公周无涯。但没想到公公和婆婆都很平静，很寻常的一次聚会。婆婆做了六菜一汤，四荤两素，既不显得奢华，又不刻意。看起来好像比平时略微讲究一些，她又觉得也许是自己太过敏感。

公公几次劝丽莉和航航多吃菜，其他再无话。婆婆为了做那道酸辣汤，在厨房里磨蹭到大家快要吃完了才出来，刘丽莉觉得她像是故意的，想要躲开某种难堪的局面。公公的表情苍白而空洞，浓密的长眉毛之下依旧是那双瞪得大大的发黄的眼珠。她像是接受不了如此过分的平静，斗胆和他双眼对视几次，想要看穿他的想法，但他好像已经不在乎了，超脱了，整个人变纯净了。他脸上无所谓的表情似乎告诉她：生活本身才至关重要，其他任何决定都是错的。公公吃得极有效率，在婆婆终于坐上餐桌的时候，他已经吃完了。

回到家里，熄灯之后，直到身旁的周一尘响起了高低起伏的鼾声，刘丽莉还靠在靠枕上睁着眼睛毫无睡意。夜幕下的黑暗像是给她扩充出一个孤独的空间，令她神思缥缈。她披着睡衣光着脚踏在地板上，轻轻溜到阳台，趴在窗前看着外面静谧的夜空，看那些闪烁的星星，有的炫目，有的神秘。她觉得自己问心无愧，但却像得了某种隐疾，她的身体深处微微有一点不适。这个家庭的生活好像有一个断层或缝隙，她如果不理睬就好了。恰恰是因为她想维持一种稳定的支撑结构，喏，三个三角形，使她不得不承受误解、煎熬，而陷入迷惘。努力使生活趋向好的一面，也许就是她犯错的地方。晚上的家宴，她透过归于平静的表面，感觉好像大家都受到一次隐形的伤害。如果每个人都有一只藏匿隐私的箱子的话，现在大家的箱子都是被别人翻动了，然后都装作没有发现——而事实上又全都浸淫在耻辱和不安之中。

她正入神的时候，忽然感觉一双手放在了她的肩膀上。她一回头，周一尘像一个相识多年的老朋友一样微笑着看着她，把双手放在了她的胯上。他这样抵着她保持了一会儿，对她耳语道：“你还有我，不是吗？”她转身搂住周一尘，忽然想和他做爱，她像刚刚和他认识一样，盼望在他的挤压之下，排遣掉内心所有的空虚。她觉得自己能够被爱修复——我们都在被爱修复。

（原载《小说月报·原创版》2016年第3期）

去苏州

一

“厄尔尼诺”像个魔鬼，它流窜到哪儿，就使哪儿陷入气候混乱。半年的降雨量，一两天就下完。电视上每隔几天就有一个城市遭殃，最倒霉的是趴在街头的小轿车，被淹得只剩下一片车顶盖，仿佛被这个世界抛弃了。大型超市被雨水倒灌以后，五颜六色的鞋子漂荡出来，密密麻麻挤在一起，如同垃圾出逃。丹丹烦透了，她不在意被淹的汽车和超市，只是一直担心雨水会不会淹没火车站。秋季她就将升入七年级，成为一名中学生。爸爸林源和她拉过钩儿，答应她这个暑假全家出去旅游一次。

林源在机关工作，不方便请假，出门旅游只能放在周末。最饱和的计划是周五晚上坐火车赶到目的地，周日晚上坐火车返回。他想去桂林，和佩云、丹丹、阳阳一起去漓江，白天竹筏戏水，夜晚看张艺谋打造的“印象刘三姐”演出。“桂林是喀斯特地貌。”林源对丹丹说，“跟肇庆、云浮一样，呈现‘峰林—洼地’地貌特征。”他希望孩子出去旅游，也能有所收获，不能为玩而玩。妻子佩云对地理概念不以为意，她厌倦一切城市，想去乌镇、西塘或周庄看看江南水乡。儿子阳阳正上幼儿园大班，对他来说，只要出去玩就行。

林源跟单位的头儿周主任说起暑假旅游的事情，周主任眼睛发亮，桌子一拍说：“去苏州。”好像他也已经酝酿了很久，林源的计划正中他下怀。林源顿了顿，说：“我们计划去桂林……”周主任摆摆手：“我有个同学在苏州发了财，春节回来时我请他两口子吃过饭，多次邀请我去苏州，咱们两家一块儿去玩，全程由他接待。”林源想了想，说：“那就要去周庄，离苏州四十多公里。”周主任点点头说：“行，你定个方案。”说着翻了翻桌上的台历，皱眉琢磨片刻，“我看这个周末就可以。”林源转身离开时，周主任又低声说：“你记得买两斤信阳毛尖茶叶，包装要有档次，带给我那个同学。”

林源下班回家跟佩云一说，佩云有点犹疑。她了解周主任两口子的性格，不爱玩，不爱折腾，说好到哪里玩，往往一会儿工夫就没兴致了。去年冬天两家人驱车一百多公里去泡温泉，恰逢下雪天，几个人泡在热气氤氲的露天温泉池里，雪花从天空纷纷扬扬飘落而下，林源很享受那种冷热交加的刺激感受，看着远处群山白雪，他正要感叹一番这难得一见的人间胜境，周主任的太太素萍换了两个温泉池，只泡了十几分钟，就缩着胳膊说太冷了受不了，要回酒店。周主任也从池子里站起来，披上浴巾说：“可以了，体验一下泡温泉的感觉就行了，冻感冒了可划不来。”林源觉得泡温泉才刚开始，佩云也没尽兴，丹丹急得差点儿哭了，但最终草草而归。林源明白佩云的想法，怕周主任两口子不爱玩，扫兴致，他眨着眼说：“和周主任一块儿出去，绝对没有咱们的亏吃，说不定往返火车票还能报销。”佩云这才转忧为喜，全家都挺高兴。丹丹听说要去苏州，高兴得欢呼雀跃，她的暑期愿望终于要变为现实了。过了一会儿，佩云又皱着眉头说：“老周不会变卦吧？”林源说：“不会的，我晚上就去火车站把车票订好。”

吃过晚饭，林源散步去火车站售票窗口买票，才知道周末从信阳至苏州的卧铺票已经卖完，只剩硬座票，但是从苏州返回信阳的卧铺票还很充足。林源心里暗暗叫苦，信阳至苏州十个小时的车程，带着孩子在硬座上枯坐整整一夜根本无法支撑。想了一会儿，他对售票员说：“从罗山至苏州的卧铺票有没有？”罗山是过信阳的下一站，离信阳四十公里。售票员搜索一通说：“罗山站还有票，晚上十点五十分的车，次日早晨八点十分到苏州。”“买罗山去苏州的卧铺票！”林源心头一喜，“信阳至罗山这一截买硬座票。”售票员皱着眉头说：“一张身份证在同一车次只能购一张票，你买了这趟车罗山至苏州的卧铺票，就不能买信阳至罗山的硬座票。”林源忍不住高声嚷道：“这是啥规定啊，太奇葩了吧，我从信阳去苏州，用两张车票连接起来，没有任何违规之处啊！”售票员大约见惯了林源这样的质问，完全理解林源激动的情绪，又敲着键盘噼里啪啦搜索一通说："你可以提前买其他硬座车抵达罗山，然后换乘这趟卧铺车去苏州。"售票厅没有空调，闷热无比，一会儿工夫，林源感觉后背的衬衣已汗湿透了，而他身后还有许多人排队，也顾不得跟售票员详细理论，急切地说："那就买紧挨着的车次，这趟卧铺车是十点五十分从罗山开，你给买十点半左右抵达罗山的，免得我们在罗山站等太久。"售票员说："有一趟十点二十分到达罗山的车。"林源像抓住了救命稻草，脱口而出说："就买它！信阳至罗山的硬座。"但售票员敲击电脑键盘的手指停顿了下来，她又思考了片刻，说："我告诉你，这趟车是从西安开过来的，它有可能晚点，导致你无法准时乘坐十点五十分的卧铺车。另外还有一趟晚上八点从信阳出发的硬座车，为确保稳妥，建议你买它的硬座票。"林源拍着大理石窗台说："那不是要在罗山站苦等两个小时，你们这是什么狗屁规定啊，折腾我们老百姓啊！"售票员脸一冷，说："你买不买？"林源擦着额头的汗水说："买、买！"

到家以后，林源越想越觉得铁路的售票规定不合理，不通人情，就将车票拍照传到微信上发牢骚。没想到朋友圈里有一个朋友在火车站工作，他打电话告诉林源不用去罗山。"我安排你走贵宾通道，直接从信阳站上那趟卧铺车。"朋友笑着说。林源连连称谢，总算松了一口气。

丹丹在网上查找旅游攻略，很快有所发现。"去周庄可以逃票！"她兴冲冲地说，"攻略上说早上七点之前没人守门。"

佩云不相信，也在手机上查询，最后确认属实。“头天晚上门卫撤掉以后住进古镇，的确可以逃掉门票，但沈厅和张厅看不了，那两个地方需要再次验看门票。”林源摇头笑着说：“跟周主任一块儿出去玩，用不着要这些花招，不过制订个游览计划倒是可以的。”

二

出发之夜，林源和周主任两家人在火车站贵宾室会合。贵宾室乘客很少，阔大的软座沙发，空调机呲呲吐着白雾状的冷气，服务员给他们每人冲泡一杯信阳红茶。周主任心情不错，穿着长袖衬衣，笔直的西裤，皮鞋擦得锃亮。他跷着二郎腿，时不时品一口茶，很享受这种特权阶层待遇的样子。林源则身着T恤衫配短裤，脚穿阿迪达斯运动鞋。林源觉得周主任看上去像出公差，自己像是傍晚出去散步。林源一家每人背个小包，林源另外提着两盒信阳毛尖茶叶。丹丹和阳阳背的小包不重，看上去挺可爱。林源觉得出门旅游孩子应该分担他们自己的那部分行李，也是锻炼的机会。但周主任全家只拖着一只大约20寸的大拉杆箱，所有行李都装在那一只箱子里。林源想说出去旅游要走许多路，大拉杆箱不方便。但又觉得既成事实，多说无益。周主任的儿子靖军比丹丹高一个年级，加上阳阳，三个孩子很快就玩熟了。靖军长得秀气，性格也很斯文，不像丹丹，大大咧咧的，像个男孩子。

喝了几口红茶，周主任想起什么似的，掏出手机打电话。他的语气和平时不同，像是模仿一种商界人士的豪爽气："吴总啊……我们等会儿就上车，明天早晨八点十分到苏州……是啊，是啊，到苏州肯定要投奔你啊……不知会不会晚点，你八点左右接我们就可以……"林源猜想他是在给他在苏州的同学打电话，就在旁边连声说："告诉他不用接，我们明天先去周庄……"周主任像是听见了林源的话，又像是没听见，仍然对着话筒谈笑风生，像是为了避开林源的干扰，他站起身往卫生间走去，边走边时不时爽朗地哈哈大笑。

过了一会儿，周主任从卫生间回来了，甩着手上的水滴对林源说："老吴说他比较忙，明天他给我们一辆面包车，你开车带我们在苏州玩。"林源说："我没开过面包车，怕开不好。"周主任沉默不语。林源又说："其实不用他接，我们到苏州后先坐大巴去周庄，夜晚住在那儿，星期天早晨返回苏州，白天在苏州城玩几个景点，下午五点坐火车返回。"周主任说："星期六在苏州玩，星期天早晨去周庄，当天下午再返回苏州嘛！"林源说："那样去周庄时间比较紧，怕玩得不尽兴，其实苏州市没什么可看的，逛逛拙政园、博物馆就可以了。"周主任皱着眉头说："我们去找人家，就一切听人家的安排。"林源嘴角动了动，想说什么，没有说出来。

信阳到苏州只有普通快车，沿途经停的小站非常多，好在车厢里的空调倒还挺凉快，空气里也没有难闻的气味，林源觉得尚可忍受。两家人分别找到自己的铺位躺下，佩云和阳阳睡一张铺位，丹丹是中铺，她一会儿爬上去，一会儿又爬下来，看什么都新鲜而好奇。佩云说："早点休息，明天才有精神玩。"林源掏出耳机，在手机里选了一部评书，边听边酝酿睡意。车厢里九点半熄灯，伴随着火车行驶的轰隆隆的声音，林源将被子当枕头靠在身后，昏昏入睡。

……周庄古镇临水而建，中央由几座拱桥相连，河道上有穿蓝碎花布衣的江南女子摇着乌篷船来回穿梭，嘴里唱着江南民歌。可惜游客太多了，两个旅游团挤在一起，导游举着旗子，手持扩音器招呼着自己的游客。佩云站在拱桥弧顶中央，让林源给她拍照。丹丹挤过来站在身旁要与她合影，眼睛却又左顾右盼地不配合，佩云说："你过去，看着弟弟。"林源刚拍了两张照片，猛地一回头，却发现阳阳不见了踪影。他跑下拱桥，嘴里大声呼喊："阳阳！阳阳！"两个旅游团的游客挤得密密麻麻，慌乱之间四处都看不见阳阳。佩云也大惊失色，从拱桥上跑下来，喊出的声音有点发颤："阳阳！阳阳！"丹丹跟着林源左右察看，他俩和佩云往返交错，面对面遇到几次，却都没有找到阳阳。密不透风的人流似乎在诧异地看着他们，却又都无动于衷。林源看着河道里青得发绿的河水，一种不祥的预感在心里泛起，而一切后果却又不敢想象。导游仍然手持扩音器在召集自己的游客。林源一把抢过导游的扩音器大喊："阳阳……"忽然，他的脚一蹬，踹在了卧铺横头的铁梁上，迷迷糊糊地醒来。

他听见周主任的声音："小林真有福！我昨晚睡不着，担心靖军掉被子，两点钟起来一趟，听到他的鼾声，四点钟起来一趟，仍然是听到他的鼾声……”佩云坐在下铺说：“他睡眠好，躺下就能睡着……”林源睁开眼睛，看到周主任正笑眯眯地坐在车厢过道边的翻板椅上。他悻悻地笑笑，心口却咚咚跳个不停，想不通怎么做了那样一个惊悚的梦。他去过乌镇，从没去过周庄，而梦境中的周庄仿佛一切都清晰可辨。他连忙看了看对面铺位上的阳阳，阳阳正撅着屁股酣睡。林源从卧铺上坐起来，车窗外朝阳灿烂，投进车厢里一片金色的光。他翻找背包里的毛巾和牙具，周主任摆摆手说：“卫生间堵塞了，人没法进去，而且还没水，我们下车以后要先找地方洗漱一下。”林源立刻想象出卫生间肮脏的场景，就放弃了去卫生间的念头。佩云说：“我刚才倒了点矿泉水洗了把脸。”林源说：“孩子呢，丹丹会不会要急去卫生间？”丹丹从走道里探出头来，笑嘻嘻地说：“我早晨起来得可早，那时卫生间还没停水。”

车到苏州，周主任脚步匆匆地去出站口寻找接站的同学，丹丹一蹦一跳地跟在佩云身边，素萍拉着大行李箱和靖军落在最后。林源停下来，接过素萍手里的拉杆箱。前面周主任已经见到了同学，正握手寒暄；接站的还有一位中年女士，剪着齐耳短发，身着黑色短裙。周主任向林源介绍说：“这位是吴总，这位是吴太太，也是老总！”林源连连点头：“吴总好，吴太太好，你们辛苦！”说着将手中的两盒茶叶递给周主任，周主任转手递给吴总，说：“你在苏州发财，但可不能忘了老家，喝点信阳茶吧！”吴总说：“哎呀，发财哪里谈得上，跟你这当领导的可没法比啊！”吴太太跟素萍挺熟，拉过她的手亲热地说：“一年多没见到靖军了，小帅哥又长高了许多。”吴总手一挥：“咱们先吃饭。”出站口隔壁，有一家东方既白快餐店。吴总手支着玻璃门，招呼大家入内。林源将几个人的背包都放在墙角，然后低声对佩云和丹丹说：“这里有卫生间，咱们都去洗洗脸。”

吴总去服务台点餐，时而抬头看着墙上的菜单，时而扭头看着他们好像在清点人数。林源和佩云洗漱完了，坐在快餐桌边玩手机，吴总的早餐竟还没点好。素萍和吴太太相谈甚欢，时不时捂嘴而笑。佩云插不上话，看到丹丹和阳阳一直挥舞着筷子打闹，她使眼色不奏效，就低声喝止。大约等了二十分钟，吴总点的早餐被服务员送了过来。两根油条，三碗皮蛋粥，一笼包子，两碗豆浆，还有一根糯米卷。吴太太笑着说：“你们吃，我俩都吃过了！”林源看着桌上的早点，觉得有点尴尬，因为不是按人头数点的，取哪样好像都不合适。周主任搛了一根油条，佩云端过一碗粥，丹丹和阳阳抢过一笼包子，林源坐在最里侧，也端过一碗粥默默地喝。那根糯米卷在桌子中央，丹丹几次伸手去拿，都被佩云制止了。然而趁她不注意，阳阳一把抓在手里。佩云只好说：“来，让靖军也尝尝。”说着，从阳阳手里拿过来一掰两半，分了一半给靖军。丹丹噘着嘴说：“爸爸……”林源明白她的意思，低声说：“苏州的小吃很多，等会儿再给你买。”吴总坐在桌子横头，和周主任商量白天的安排："白天你们在苏州玩玩，晚上我请你们吃饭。"素萍看了看林源说："小林说我们今天先去周庄……"吴总问道："你们什么时候回去？"周主任说："明天下午五点的火车，我们星期一上午都要赶回去上班，单位还有许多事情。"吴总叹道："你轻易不来，时间安排得也太匆忙了！不过今天就踏踏实实在苏州玩吧，明天我送你们去周庄，不耽误下午赶回来。"佩云笑着问吴太太："苏州有哪些好玩的地方？"吴太太嘴一咧，说："其实没啥玩的，周庄也不好玩。"周主任见孩子们都吃完了，就对吴总说："你把我们送到拙政园就去忙自己的事情吧，不用管我们，下午再说。"

吴总将车子从停车场开出来，一台黑漆锃亮的奔驰越野车，招呼周主任和林源一家坐进来。吴太太开着一辆白色现代索纳塔，手伸出车窗喊素萍和靖军坐她的车。周主任坐在后排，感叹说："啧啧，这车真漂亮，比我在信阳坐过的奔驰车更宽敞！"吴总微微一笑说："车型不一样。"周主任向坐在副驾驶位上的林源介绍说："小林啊，吴总到苏州奋斗还不到十年，就开了三家公司，仅房产就价值千万以上。"林源说："吴总是我们信阳人的精英，让人佩服！"吴总身子往后一仰，哈哈大笑说："我更羡慕你们啊，天天喝茶看报，工作轻松，孩子也教育得好。"周主任看见主驾驶椅靠上有面液晶屏，问："这是车载电视吧？打开看看。"吴总说："得用遥控器。"说着用手翻右侧的储物盒，却没有找到，回头指着坐在后排中间的阳阳说："孩子屁股下面。"周主任伸手摸索，没有摸到。吴总踩了下刹车，说："屁股下面有个盒子。"佩云就推着阳阳站起来，掀起盒盖，周主任伸手摸仍然没有摸到，就打住说："算了算了，停下车有空的时候再看，再好好折腾。"这时吴总发现什么似的"咦"了一声，抬头瞄着后视镜："她们怎么没有跟过来？"说着拿起手机打电话："你们怎么跟丢了……这里的路可不好走……"车拐进一条窄道，前后都被车辆堵着，无法动弹。吴总用手捶了下方向盘："苏州就是这样，到处堵车，一点办法没有。"丹丹坐在后排忽然插话道："火车站离拙政园很近，只有四站路。"周主任笑道："你怎么知道？"丹丹说："我在百度上看过攻略。"大家都不再说话，在焦虑的等待中，外面的阳光看上去更加耀目。车窗右侧是苏州市档案馆，黑瓦白墙，线条简单，林源感叹说："有文化底蕴的城市，档案馆才会这么漂亮。"吴总说："苏州博物馆才漂亮。"丹丹又插话说："贝聿铭设计的。"周主任笑道："贝聿铭设计的还有哪些作品？"丹丹脸一红，就不说话了。从火车站到拙政园，车子拥堵了将近一个小时。吴总说："可能是周末，平时临顿路没这么堵的。"拙政园门口不让停车，好在周主任和林源他们下车的时候，吴太太的白色现代终于跟过来了，几个人在拙政园门口分别。

三

天太热了，仿佛7月份的暑热被"厄尔尼诺"所阻滞，拖延到8月份集中爆发了出来。游客也是如此，7月份窝在家里看四处暴雨淹城，8月份全都出门旅游。林源以前来过苏州拙政园，但那是冬天，树叶落尽，满目空旷，亭台楼阁尽收眼底。夏天则不同，置身拙政园，如同走进一片树林子，林子里全是游客。地面上铺着鹅卵碎石，周主任的拉杆箱，只能提着走，成了沉重的累赘，林源就从他手里接过来。每个适合取景的地方都有正在摆姿势拍照的游客，林源在前面引路，为了避开人群，几乎是贴着拙政园的围墙往里走。转过一个弯，面前是一口狭长形的池塘，荷花正开，树荫不能完全遮住道路，就算空着手，周主任也已后背汗透。他停在一个卖旅游纪念品的小摊前，高声说："小林，买几把扇子！"林源走过去一看，扇面上画的是"姑苏拙政园"，背面是张继的《枫桥夜泊》诗句。"多少钱一把？"林源问。女摊主说："30元。"林源觉得有点贵，但周主任开始摸裤兜里的钱包了，林源就赶忙付款，买了四把折扇。

前面有导游在叽叽喳喳地给游客讲解怎样分辨听雨轩、浮翠阁还有塔影亭。佩云将手机卡在自拍杆上，背对着荷塘拍照。周主任额头全是汗水，眉头紧锁，仿佛已经被暑热消耗掉了游览的热情。走到一个不知名的亭子旁边，围栏上还有空座，周主任一屁股坐过去，挥着手说："你们转转看，我坐在这儿等你们。"林源将拉杆箱和背包放在他旁边，对佩云和素萍说："拙政园的特点就是大，我领你们转一圈。"靖军附在素萍耳边嘀咕几句，素萍说："哪儿有卫生间？靖军要上厕所。”林源说：“沿路往前走，看路牌指示可以找到。”荷塘里游动着一两尺长的锦鲤，它们旁若无人地浮荡于荷叶之间，远处几只鸳鸯戏水。林源指着鸳鸯对阳阳说：“那灰色的是母鸳鸯，彩色的是公鸳鸯。”丹丹撇着嘴说：“母鸳鸯好丑！”阳阳对锦鲤和鸳鸯不感兴趣，总是盯着旁边一个外国女游客看，女游客金色头发，高鼻梁，蓝眼珠深陷。林源笑着说：“你跟她合个影吧！”阳阳却拧着身子跑开了。

林源带着佩云和孩子沿着一座迂回弯曲的石桥走到对岸，爬到浮翠阁上去照相。佩云自己拍不说，还让林源用自己的手机给她拍，然后通过微信传给她。往身后一看，周主任正隔着荷塘冲他们挥舞着扇子。林源说：“周主任喊我们了。”他们从石桥上走回去，看到素萍正在用小刀削几只梨子，喊他们过去吃。周主任表情万分痛苦似的说：“看得差不多了，我们早点出去吧，刚才有一个女孩就中暑晕倒了，被一个男子背着往外面走。咱们出来旅游，可不能把孩子热坏了！”林源和佩云相互看了一眼，佩云用纸巾擦着汗不说话。林源说：“可以，拙政园名声大，其实我感觉还没有无锡的薛福成故居漂亮。”佩云低声说：“说那有什么用，我们又没去过无锡。”

从拙政园后门出来，是一条窄巷子，两边全是卖旅游纪念品的，丹丹眼尖，指着一个纸招牌大喊：“扇子两元！跟我们的一样！”林源看了一眼，纸牌上写着“扇子2元”。周主任笑着说：“出门旅游，上不完的当！”几个人用扇子遮着刺眼的阳光往前门的主干路上走。周主任忽然紧走几步追上来说：

“小林，我们要先住下来，不能再这样拎着行李逛了！”林源迟疑道：“是不是晚上再定，如果能晚上赶到周庄最好，苏州市区里没有几个景点可看的。”周主任说：“说好了老吴明早送我们，天气这么热，要住下来休息一下。”林源说：“那行。”走出不远，旁边有一家吴都假日酒店。周主任回头对佩云和素萍说：“你们站在树下等一会儿，我跟小林过去看看有没有房间。”推开玻璃门一问，只剩二楼拐角的一间标准间，一间大床房。周主任问：“啥是大床房？”服务员说：“只有一张大床。”周主任略一思索，仿佛已顾不得许多，对林源说：“就定这儿，我们要大床房，你们人多，要标准间，都挤一挤。”

酒店的空调房凉爽宜人，和外面的燥热两重天地。只是房间非常狭小，除了并排摆放的两张小床，几乎没有转身活动的地方。阳阳在两张床上蹦来蹦去，丹丹从背包翻出蟹黄蚕豆、牛肉干等零食来吃。林源用开水煲烧水，想泡一杯信阳毛尖茶喝。周主任过来敲门，说：“先下去吃饭，然后再休息。”两家人从楼上下来，门口有一间“老大坊”生煎店，林源说：“生煎是苏州的特色美食，值得品尝。”周主任问：“有面条吗？”林源说：“有，苏州的牛肉面很好吃。”几个人在生煎店坐下来，丹丹手里拿着一张宣传单，说：“可以免费送豆浆。”林源问她：“这单子哪来的？”丹丹说：“我们住的酒店服务台送的。”周主任笑着点点头说：“你这孩子，在外面适应能力强。”佩云说：“跟她爹一样，喜欢折腾。”吃着面，周主任看了看表，说：“现在是一点，我们回房间后好好休息一会儿，休整一下。”

林源说：“下午我们去苏州博物馆，看看忠王府，它们是一体的。”周主任点点头。林源又问：“我们几点出发？”周主任说：“三点！”

四

酒店房间里没有椅子，也没有衣柜，脱了衣服只能挂在墙上的一排衣钩上。林源胡乱冲了个澡，躺在床上喝茶。他摸出一支烟，还没点着，就被佩云喝止：“空气已不太好了，不能抽烟！”林源推开玻璃窗，外面的风竟然很大，刮得几株银杏树枝叶婆娑，哗啦啦作响。在床上躺了一会儿，林源自言自语地说：“我们是出来旅游的，却躺在酒店里浪费时间。”丹丹说：“就是，爸爸我们什么时候去周庄？”佩云也问：“晚上能不能去？”林源说：“周主任的那个同学晚上要请客嘛！”佩云说：“别让他请最好，我们是出来玩的，不是为了吃大餐。如果去不了周庄，到平江路吃小吃也好。”林源不吭声，心里不由得有点烦。佩云在手机上一张张翻看上午拍的照片，挑选出一组来发微信，一遍遍想着怎样配词儿。

好不容易挨到下午三点，林源打发阳阳去敲周主任的房间门，同时起身穿衣服，招呼佩云、丹丹准备出发。在狭小的房间里憋两个小时，林源觉得简直比逛拙政园还累。工夫不大，阳阳回到房间说：“靖军哥哥说，时间改为三点半。”丹丹嘟囔道：“真急人，我们自己先去吧！”林源重新往床上一躺说："也不急，现在天黑得晚，我们逛了博物馆，晚上可以去枫桥看看寒山寺。"佩云手指在手机屏幕上划来划去，搜索苏州旅游的图片："我想去平江路，网友评论都说平江路好玩，还可以坐船。"丹丹说："我也要去平江路。"林源说："晚上吃过饭再说吧！"

两家人从酒店出来，都不像上午那样背着包了，林源手里只拿一把折扇，顿觉轻松，他在前面引路说："前面拐个弯就是苏州博物馆。"然而走过博物馆的白色外墙，栅栏门却已关闭，栅栏门里游客正排着一条长队徐徐往里进。林源心里一惊，问门口站着的一人："从哪儿进去？"那人说："四点关门，刚关的。"林源掏出手机看时间，四点零一分，他跺脚道："这么准时啊！"丹丹、佩云和周主任跟了过来，都一脸疑惑。林源故作平淡地说："看不成了，关门了！"周主任眉梢一挑，说："怎么会这样！"林源看到前面不远处有个路牌写着"狮子林"，就向路边商店的老板询问狮子林有多远。

转身回来，周主任正在打电话。佩云低声说："丹丹这个死丫头，刚才在博物馆门口说'都怪他们，耽误我们看不成博物馆了'，被素萍听见了！"林源狠狠瞪了丹丹一眼，却又不好发作，问佩云："素萍说什么了？"佩云说："人家装着没听见。"林源叹口气说："算了，孩子嘛，口无遮拦，没办法！"周主任打完电话，林源想说去狮子林看看，还没说出口，周主任说："我们现在打车去相城区嘉元路老吴的公司，他还在外面，让我们去公司等他，晚上一块儿吃饭。"丹丹低声说：

“我不想吃饭，我想去周庄……”林源厉声说：“再瞎叨叨我撕你的嘴！”佩云说：“我们打滴滴快车去吧？公司叫什么名字？”周主任说：“嘉元路106号，苏州东吴装饰设计公司。”林源说：“行，只是吃饭还有点早。”说着话，佩云说她呼叫的滴滴快车已到路边了。周主任说：“吃了饭再玩，我们拦的士，等会儿在东吴装饰公司门口会合。”

车子驶过一座铁桥，拐入互相缠绕的高架路，像是进入了经济开发区，然后拐进田野郊区，开到一片长满芦苇的小山坡上，就看见了“苏州东吴装饰公司”的标牌。周主任一家打的士后出发，竟然已先到了公司，正站在门口等他们。公司门口的电动不锈钢门半开着，院中有一片空地，后面是一幢办公楼。林源感叹说：“这么一片地，在苏州可怎么了得啊！”周主任鼻子“吭”了一声，说：“办公楼是租赁的。”此时有风刮过，气温已经比中午降低许多，几个人在门口站了一会儿，林源说：“我们先进他公司去吧？”周主任说：“公司现在没人，我们在这儿等一会儿，老吴马上回来。”佩云说：“门口也挺凉快。”忽然听到几声狗叫，林源回头一看，竟是院子里一条小花狗在追着阳阳咬，阳阳哇哇叫着连蹦了两下，最终没躲开，被小花狗在腿肚子上衔了一口。一切发生在两三秒钟之内，林源觉得脑袋壳“嗡”地一下，却来不及反应，等他几步跑过去，阳阳哇哇大哭，他想踹狗一脚，小花狗却识趣似的转身跑开了。佩云检查阳阳的小腿，看到对称的四颗牙齿印，隐约渗出了血。阳阳哭得厉害，周主任紧走几步看了看说："不管有没有出血，都要打狂犬疫苗！"丹丹手里拿着一瓶矿泉水，林源将水倒出来冲洗阳阳腿上的伤口。佩云低头轻轻拍着阳阳的头，眼泪唰唰地喷涌而出。林源说："你哭什么，别哭。"说着抱起阳阳往路边跑，又转回头对佩云说："我带阳阳找医院打疫苗，你们在这儿等着。"周主任也要跟过来，林源说："不用，一会儿就好。"佩云擦着脸上的泪水，不容商量般地跟在后面，丹丹一看也跑着跟来了。

幸运的是，路口就有一家社区医疗服务站。林源向坐诊的中年医生介绍情况，佩云一声不吭，仍然不时落泪，哽咽道："早知道就不来苏州了！"林源皱眉说："别说那些没用的。"医生用酒精棉球给阳阳一遍遍清洗伤口，安慰佩云说："没事儿，别担心，打了疫苗就好。"丹丹说："都怪他太淘气，去跟小狗玩。"林源狠狠瞪了她一眼，丹丹就闭嘴了。医生说："狂犬疫苗一共是五针，分别在第1、3、7、14、30天接种。"林源说："我们是来苏州旅游的。"医生"哦"了一声："那今天只接种第一针，后面的你们回去可别忘了。"佩云抱着阳阳打针，林源看到旁边有家玩具店，为了哄阳阳开心，他进去咬牙买了一只三百八十元的对话机器狗。阳阳一见，立刻破涕为笑。林源心里暗暗叹气，回想在火车上做的阳阳走丢的梦，心里乱糟糟的。

回到公司门口，周主任迎上来问："这么快就打完针了？"林源说："旁边就有医疗服务站。"周主任点点头，重新又看了看阳阳的小腿，问："怎么没有包扎？"佩云低声说："医生说不用。”林源想了想，对周主任说：“等会儿吴总回来，别提这件事儿。”周主任“噢”了一声，不置可否。过了一会儿，周主任自言自语道：“这个老吴，应该让我们直接到他安排的酒店等，到这儿来干什么！”素萍笑道：“想让你看看他的公司嘛！”这时一辆白色现代索纳塔驶了过来，大家以为是吴太太，车门一闪却下来一个白衣瘦小伙，笑着说：“你们是吴总老家的朋友吧？吴总等会儿就回来，我们先进去喝茶。”一行人走进办公楼的玻璃门，才发现不像周主任说的，公司里面有人，敞开式的小隔间，有三个年轻女孩正坐在各自的电脑前忙活。他们从旁边经过，女孩们旁若无人般地各忙各的，眉梢都没挑一下，视他们如无物。一行人走进吴总的办公室，在沙发上分别坐定。小伙子用一次性纸杯给大家泡茶，林源见茶汤清淡，茶叶狭长，问：“这是安徽白茶？”小伙子竖了下大拇指，说：“领导厉害，这是安吉白茶。”周主任询问公司有多少员工，薪水多少，小伙子一一谦逊地作答。大家没话找话，又聊了一会儿苏州的房价，和信阳房价作对比，感叹就算卖掉信阳的三套房子，也换不来苏州的一套房。正说着，走廊里脚步声匆匆响起，人还没到，吴总的声音就已经传来：“抱歉！抱歉！各位对不起啦！”大家都起身迎候，吴总迈步走进办公室，冲周主任连连作揖，又和林源握手，说：“临时和人家谈标书的事情，实在脱不开身，让你们久等了。”吴太太提着挎包笑眯眯地跟在身后。周主任说：“茶我们已喝过了，直接去吃饭吧！”吴总说：“行！行！”

一行人来到院中，吴总说：“我们去阳澄湖，吃大闸蟹！”林源问：“开车要多久？”吴总说：“五十分钟。”周主任说：“太远了，大闸蟹在信阳也吃得到，换个地方。”吴总又说：“那就去太湖，吃太湖三白。”林源心里暗喜，觉得看看太湖夜景也不错。不料周主任说：“选个近点的地方，多点几道好菜就行啦！”又转脸问林源：“小林，我们晚上想去哪里玩玩？”林源说：“孩子们想看看枫桥、寒山寺。”吴总思忖片刻，说：“那就去我公司接待的地方，旁边不远，地儿还不错。”林源说：“简单一点儿，都不喝酒。”吴太太拍了脑袋，说：“看我这脑子，公司还有一瓶五粮液，我去拿过来。”说着转身往回走，林源赶忙伸手拉住她，说：“我们都不喝酒，若喝也喝瓶啤酒就可以了。”

吴总夫妇开奔驰车载着周主任一家在前面先走，让小伙子开白色现代车载着林源一家。奔驰车驶出院子之后，小伙子拉车门时发现车被锁住了，跺着脚说：“坏了，车钥匙刚才我给了吴太太。”说着掏出手机打电话，还没拨通又放弃了，转身跑回公司。佩云撇了撇嘴，又低下眉头，似乎什么都懒得说。林源俯下身子问阳阳：“你的腿还疼不疼？”阳阳抱着玩具狗，爱不释手的样子，摇头说：“不疼。”等了十几分钟，小伙子终于找到车钥匙跑了出来。

吃饭的地方叫“水天堂”，装修得金碧辉煌，气派不凡。上楼梯的时候，阳阳忽然说：“水天堂，不像吃饭的地方，像是洗澡的地方。”林源高兴得拍手大笑，一把将他抱起来，说：

“我们儿子厉害，说得很对，将来有出息！”佩云也终于露齿一笑。走进包厢，吴总夫妇和周主任一家已经坐定，吴总正在看菜单点菜。周主任坐在他的右手边，示意林源坐在他的左手边。看到吴总眉头紧锁的样子，林源忍不住心里想笑，回想起他早晨在东方既白点菜的情形，觉得他有点菜选择困难症。通常林源点菜，都是“它、它、它，加上它”几句话完事儿，吴总将菜单左右翻看三遍，似乎选哪道菜都犹豫不决。林源不知道他前面已经点过什么，对着佩云随口说道：“东坡肉是江南的特色菜。”吴总连忙对女服务员说：“对，对，来道东坡肉。”女服务员说：“没有东坡肉。”吴总说：“怎么能没有东坡肉呢！”女服务员不动声色地说：“菜单上没有的菜，一律都没有。”周主任大约觉得吴总前面点的菜不合心意，夺过菜单说：“我来点，在信阳都说我会点菜。”又对服务员说：“听我的，重新点！酸菜鱼、大烩菜、炒土豆丝、西湖牛肉羹！”吴总身子往椅背上一仰说：“你这哪里是点菜，是给我省钱啊！”吴太太又抢过菜单，说：“我来点，我来点，都听我的吧！”

林源发现吴总喜欢双手抱在胸前，用左手捂着右手的胳膊肘，说话时偶尔拿开，又立刻下意识地捂住。林源仔细一看，原来吴总右胳膊肘有处伤疤。看样子是伤口缝合后留下的印迹，形成一个浅白色的蜈蚣形状，看上去有点恐怖。林源忍不住问道：“吴总以前在信阳时做哪个行业？”吴总微微一笑，还没来得及回答，周主任说：“开网吧，在工人文化宫，后来……吴总来苏州创业，现在开了三家公司，住豪宅，坐奔驰！”林源啧啧叹道：“佩服，吴总是人生赢家，信阳人的骄傲啊！”吴总又哈哈一笑。

这时服务员送菜上桌，林源觉得口干舌燥，想喝啤酒，但吴总和吴太太似乎都将喝酒这茬儿忘了，就索性要酒喝，说：“服务员，来一瓶啤酒。”吴总“唔唔”几声：“来几瓶青岛啤酒！”林源摆手示意道：“一瓶冰镇的就好。”苏州菜看上去高雅、精致，但分量都很小。服务送来一盘糯米藕，孩子们都喜欢吃，在桌上转一圈，每人夹一片就完了。又送一盘凉拌海蜇，仍是如此，只有一盘黑黢黢的凉拌鸭舌没有人动筷。接着是大烩菜，毛血旺和酸菜鱼。林源心想，人在苏州怎么点的像是四川菜？他看见佩云几次拿起手机想拍照，几次又放下。他猜想她可能是想拍一张桌整菜齐的照片发微信，但菜总是转一圈就没有了，导致她没法拍。菜全部上完以后，一大半碟盆已经见底，林源觉得菜点得有点寒酸、别扭，味道也不好，没有显出苏州菜的风味。倒是他自已上次来苏州时，在街头小店吃的糖醋排骨、龙井虾仁、葱爆鳝段都不错。丹丹不会掩饰，觉得桌上没有喜欢吃的菜，就放下筷子呆坐不动。周主任笑着问她：“林丹丹，你怎么不吃啊！”丹丹眉头一皱，嗡声说：“我不想吃……”佩云笑着说：“她中午吃生煎吃多了，下午也没怎么活动。”林源闷头喝啤酒，自斟自饮。面条上来以后，他一口饮尽，放下杯子，想盛碗面条。周主任忽然站起来说：“服务员，再来一瓶啤酒。”林源说：“不要了，喝好了。”周主任神情竟然很坚决，挥舞着手说：“必须再来一瓶！”林源也不好多说，觉得周主任的态度稍稍有点反常，平时他从不劝自己喝酒的。

五

吃过饭，仍然是吴总开奔驰车载着周主任一家走在前面，林源一家坐小伙子的白色现代车在后面跟随。小伙子自言自语地说：“不知去哪儿。”林源喷着酒气说：“跟吴总说过了，去枫桥，看寒山寺。”车子驶出酒店，刚拐上大道，小伙子的手机响了起来，他接通“嗯嗯”了几声，然后放下手机说：“吴总说去金鸡湖，看‘秋裤’。”林源从没听说过金鸡湖，不明白他说的意思，就掏出手机搜索，看到被称为“秋裤”的东方之门大厦的图片，恍然大悟说：“大秋裤是吧！”小伙子笑着点点头。林源回头对坐在后排的佩云说：“东方之门像个‘大秋裤’，是苏州的新地标。”佩云冷冷地说：“我想去平江路，不想看高楼大厦。”丹丹附和说：“就是的，大楼有啥看的啊！”小伙子说：“金鸡湖那边发展得不错，值得一看。”车子在高架路上飞驰，阳阳不一会儿就睡着了。大约开了半个小时，抵达金鸡湖畔。佩云连声喊：“阳阳醒醒。”但阳阳不为所动，浑身瘫软，埋头酣睡。佩云对林源说：“你背着他吧！”林源背起阳阳，边走边大声说：“阳阳，阳阳，你看那是什么字？”湖对岸有一栋“秋裤”状的摩天大楼，楼体上闪烁着两个大字。

丹丹说："我看到了——加油！"走到湖边，有一只木椅，林源将阳阳放在椅子上，却仍然喊不醒他。佩云坐过来抱着他，林源走到湖边给丹丹拍照。闪光灯一闪，才看到近处黑乎乎的是一片芦苇。天空有几颗闪烁的亮点轰隆隆飞过，吴总手指亮点说："那是苏州有钱人买的私人飞机，夜晚在这儿飞着玩。"周主任问："这么随便飞允许吗？"吴总说："允许的，他们都申请有航线。"周主任感叹道："我看你也买得起。"吴总哈哈一笑，又往左侧一指说："那儿有鸟巢，我们去看看。"吴总回头喊："小林，我们走。"林源又背起阳阳，一行人沿着湖边的木栈道，往"鸟巢"走去。"鸟巢"是一幢钢结构建筑，在夜晚变幻出红、蓝、紫、金等不同的颜色。林源边走边喊："阳阳，阳阳，快看，好大一个'鸟巢'！"直到走进鸟巢中央的金色大厅，阳阳才揉着惺忪的睡眼醒过来，仿佛不知置身何地。周主任问："这鸟巢是干什么的？"吴总说："苏州科技文化艺术中心，这里的装修代表着苏州的最高工艺水准。"周主任拍拍棕色的大理石墙面说："石头的确漂亮。"吴总眨着眼笑着说："你拍的地方，内墙干挂工程我们公司也参与了施工。"周主任点点头，啧啧称赞。佩云落在最后面，脸上冷冷的，林源驻足等她，低声问："你怎么了？"佩云说："让我看这装修干什么，浪费时间。"林源说："吴总的好意，有啥办法。"丹丹在一旁也噘着嘴巴，林源拍拍她说："夜半钟声到客船，现在才九点多，不耽误你看寒山寺。"

周主任背着手在大厅里转了一圈，对科技园区的规划图评论一番，然后说：“我们走吧，去寒山寺。”一行人分两辆车重新出发。吴总的黑色奔驰车在夜色之下难以分辨，一会儿工夫就看不见了。小伙子打开手机导航，将车子在高架路上开得飞快。阳阳在车上重新入睡。又开了半小时，他们抵达枫桥路将车子停好，发现吴总的奔驰车还没开到。旁边有一条河，桥墩上有一对男女正在聊天，林源问：“请问寒山寺在哪儿？”男的往身后一指说：“那就是寒山寺。”林源按他指的方向一看，忍不住有点失望。夜幕下的寒山寺，隔着围墙只能看到一个约四五层高的四方形的塔尖，在古树的掩隐下显得矮小单薄。丹丹说：“太矮了吧！”阳阳这次睡得轻，被佩云轻轻一喊就醒了。林源带着他们找到寒山寺的大门，才发现大门紧闭。林源顿觉失望，拿起手机隔着围墙拍了一张寒山寺塔尖照片，模糊而含混。往河面看过去，黑暗中隐隐看到旁边一座石拱桥，林源问小伙子：“那就是枫桥吗？”小伙子咧嘴一笑说：“大概是吧，我也不知道，这里桥很多。”夜晚看不清河里的水质，但风刮过时，可以闻到一股腥臭之气。“丹丹，月落乌啼霜满天，江枫渔火对愁眠，张继的《枫桥夜泊》就是在这儿写的。”林源说。“我知道，姑苏城外寒山寺，夜半钟声到客船。”丹丹四处巡睃一遍，“咦，咋没有客船呢！”

这时吴总的奔驰车慢慢开过来，周主任和素萍等从车上下来，丹丹大声说：“寒山寺关门了！”吴总一拍大腿，连声说：“哦，想着寺院不关门呢！”周主任抬头瞄了瞄古树掩隐下的塔尖问：“那就是寒山寺吗？”林源说：“是的。”一个骑电动车的老头从旁边经过，主动告诉他们说："那边有个巷道，沿着巷道可以进去。"林源连连称谢。于是几个人顺着黑乎乎的巷道往里走，小伙子忽然敏捷地快步往前跑，看样子是想先去探路。走了几十米，前方仍然黑乎乎的。林源推开路边一间店铺的玻璃门，冲一个正看电视的老人问道："老师您好，这条路可以进寒山寺吗？"老人回头说："进不去啦，早都关门了！"林源快快地退出来。这时小伙子也跑了回来，说："前面没路。"周主任说："寒山寺真小啊！"没人应腔，顿了顿，周主任又说："不过这才是真迹。武汉的黄鹤楼虽然高大，却是解放后建造的赝品。"林源笑着对佩云说："你如果发微信，可以到网上搜一张寒山寺的图，比咱们自己拍的好多了，我刚拍的啥也看不清。"佩云边走边玩手机，像是已对寒山寺失去了所有的兴趣。一行人回到停车场，吴总说："咱们找地方吃夜宵去！"周主任连连摆手说："不行不行，已经快十一点了，必须回去休息了。"吴太太拉着素萍的手说："素萍今晚跟我住家里吧，到我家看看，我们姐妹多年没在一起说说话了。"素萍笑而不语。周主任点头说："行，我们中午匆匆忙忙订的大床房，刚好也有点挤。"听吴太太话里的意思，林源忽然明白周主任讲的同学在苏州，指的是素萍的同学吴太太，林源一直误以为吴总是周主任的同学。丹丹嘀咕道："爸爸，我肚子好饿！"林源说："女孩子晚上要少吃点儿。"丹丹噘着嘴说："其实吃大闸蟹不用去阳澄湖，晚上'水天堂'的菜单上就有……"林源怕吴总他们听见，厉声道："你闭嘴！"

六

星期天早晨，林源七点钟就醒了，先冲个了澡，又烧开水泡了杯茶，慢慢喝完，佩云在旁边抹脸化妆，两个孩子依然酣睡。等到将近八点钟的时候，林源去敲周主任的门，结果门虚掩着，周主任正在搓洗一件白衬衫。林源心里一愣，想说等会儿去周庄，下午五点还要坐火车返回信阳，脏衣服应该带回去再洗，想想又忍住了，问道："嫂子几点钟过来？去周庄几点出发？"周主任说："刚才我电话联系过了，咱们先找地儿吃早餐，等会儿老吴送你嫂子过来，接着我们一块儿去。"林源担心吴总不靠谱，怕出岔子，说："不如等嫂子一起吃早餐，然后我们打车去周庄，滴滴快车很方便。"周主任将衬衣拧干水，说："客随主便，我们听人家安排。"

林源回到房间喊："孩子们，起来行动啦，去周庄！"丹丹翻个身，揉揉眼睛重新睡去。佩云拍了拍阳阳的屁股，阳阳一动不动，又伸手扯了扯他的耳朵。好一番折腾，终于将两个孩子唤起来刷牙洗脸。

林源一家和周主任从酒店二楼下来，仍然去隔壁的"老大坊"生煎店，点了牛肉面、鸭血粉丝汤。快吃完的时候，周主任接到素萍的电话，吴太太开车已将她送至酒店门口了。周主任出门迎接，才知她还没吃早餐。林源说："老板，再来一份牛肉面。"素萍小声说了句什么，林源没有听清。周主任说："不要牛肉面，要素面。"林源一家吃完了，慢慢喝着杯子里剩的一点豆浆等候。素萍的面吃到一半的时候，忽然抬头说："吴总早上有点事，昨天谈判的事情，今天客户喊他过去接着谈，让我们等一会儿。"林源心里一沉，他预料可能会出岔子，果然应验了。但素萍脸上挂着淡淡的笑，周主任用牙签剔牙，一声不吭，林源也不好说什么。丹丹急切地问："爸爸，咱们去周庄的时间还够吗？"林源没有理她，看了看时间，八点五十分，他忽然生出某种泄气的感觉，觉得周主任两口子一直不紧不慢的，自己却急吼吼的实在别扭，于是索性建议说："旁边就是苏州博物馆，我用手机查询过，九点半开门，我们先去博物馆逛逛，边玩边等吴总吧！"周主任将牙签一扔，说："行，先去玩，客房等他来接我们时再退。"

一行人从临顿路出来，拐个弯，远远就看见苏州博物馆门口的游客排着长队。林源想起大家的水杯都没有拿，就去旁边买了几瓶矿泉水，逐人分发。林源说："苏州博物馆主要是欣赏建筑设计，尤其是采光设计。"周主任抬头瞄瞄，说："屋顶好像不是青瓦，是灰色的花岗岩吧？"林源说："贝聿铭的设计借鉴和吸收传统建筑的风格，但建筑材料都是新式的。"丹丹噘着嘴，像是气得鼓鼓的，进博物馆后，就自己一个人左冲右撞的，哪儿都看看，又像是什么都没看见。

林源对佩云说："这里的每一扇窗户都采用借景的策略，从窗户往外看，像是一幅画。"佩云面无表情，像是丝毫不为所动，却又拿着手机对菱形的小窗户一个个拍照。转到后院，一片开阔的水面，中间一条木栈道，水里生出几片莲花。阳阳和靖军在栈道上跑来跑去，围观水里的小鱼。周主任待在展厅里看展品，他尤其喜欢苏绣艺术品，一件件评头论足。林源看了看时间，不知不觉已到了上午十点半，他心里忽然轻松起来，仿佛一切都解脱了，一直绷在心里的意念消失了。去周庄来回车程要两个多小时，就算现在立刻出发去周庄，可能看几眼景区的大门就得往回转。他看了看佩云，她脸上仍然面无表情，却又很淡定的样子，仿佛比他更早看透这一切。

周主任从展厅里转出来，看到林源说："看一个地方好不好，主要看它的卫生间。这里的卫生间足够宽大、敞亮，没有任何气味，到底是大师手笔。"林源笑了笑，没有说话。这时，周主任手机响了，他看了看号码，转身去接听。林源估计是吴总打来的，他不想知道内容，甚至连这个人都不关心起来。过了一会儿，周主任走到林源身边，怔了怔，低声说："周庄……我们下次再去。"林源微微一笑，没有吭声。周主任又说："还有机会。"

林源指着院子里一处假山说："这是贝聿铭从米芾的山水画中得到灵感设计的。"周主任驻足观赏片刻说："有意思，好像不是他抄米芾的，而像是米芾按他的景观画的画。"林源伸出大拇指，说："深刻。"

又玩了一会儿，太阳晒得厉害，大家坐在廊柱下休息。周主任说："我们回去吧，休整休整，中午我们自己找个好地方，大吃一顿。"林源看看时间，十一点钟，就说："要不你们先回去，我们再转转看。"林源的话没经思考，脱口而说，却又仿佛很坚定，佩云有点吃惊地看了看他。周主任略一思忖，说：“行，你们喜欢玩，多逛一会儿。”

等周主任带着素萍和靖军离开，佩云告诉丹丹不去周庄了，丹丹眼一红，立刻啜泣起来，豆大的泪珠滚落，林源看了心里发酸。只有阳阳糊里糊涂的，不知咋回事。林源说：“哭什么，出来玩儿，应该高兴才是。”丹丹越发哭得厉害，哽咽道：“全被……全被他们耽误了……我要去周庄……”全然不顾旁边其他游客惊诧的眼神。林源向佩云要了几张纸巾，给丹丹擦拭泪水，说：“我带你去一个更好玩的地方，狮子林，他们都没去过……”

林源带着佩云、丹丹和阳阳从博物馆出来，穿过一条马路，拐进对面的狮子林。林源和佩云每人门票40元，丹丹20元，阳阳免票。走进后院，林源大吃一惊。他以前去过拙政园，却没来过狮子林，太湖石重重叠叠，洞壑盘旋，回环曲折，丹丹和阳阳在石洞里窜来窜去，只闻人声，不见人影，成了一个捉迷藏的好去处。游客也比拙政园少了许多，放眼皆清爽宜人。林源朝佩云脸上看过去，不知不觉地，她脸上挂起了微笑，并且从包里拿出自拍杆，四处寻景拍照。阳阳想像其他游客一样爬到石山上，无奈撅着屁股爬了半天，吃奶的劲儿都使出来了，仍然爬不上去，丹丹就在下面推他的屁股。石山上的一个小男孩看见了，也帮忙伸手拉他。见孩子们玩得欢乐，佩云终于开心起来，说：“狮子林比拙政园好玩得多，差点儿错过。”林源心里终于高兴起来，但不免又觉得有点遗憾，狮子林越是好玩，他越不能告诉周主任一家人。这样一想，仿佛获得了一种隐秘的快感。

穿过假山，有一个荷塘，对面是一条回廊。林源让佩云和两个孩子站在假山之上，他绕到对面的回廊给他们拍照。阳阳在石林之间穿梭奔跑，满头大汗也不嫌热。林源坐在一个石凳上休息的时候，看了看手机，十二点半，他心里想，按照周主任的性格，应该催促他们回去吃饭了。但这次周主任像是忽然有了耐性，没有打电话催他。佩云走过来说："这地方不错，让孩子多玩会儿吧！"林源笑笑，他觉得不管怎样，就算只玩到一个满意的景点，也不虚此行。

阳阳喘着粗气跑过来，差点儿摔倒，原来是丹丹在后面追他。林源一把拦住他，问道："狮子林好玩不好玩？"阳阳一抹头上的汗水，说："骗人！没有狮子！"说完哈哈笑着又跑开了。丹丹在后面追着喊："对，没有狮子！阳阳你是个傻狗！"

（原载《山东文学》2016年第12期）

逆　　旅

一

庆生的父亲中风三次，一次比一次严重。

刚开始仅仅是右腿酸麻，庆生带他去看医生。医生简单询问了几句，轻描淡写地说："你得住院。"说着就挥笔填写住院证。庆生父亲毫无心理准备，觉得医生的诊断轻率而荒谬，有诈他钱的嫌疑。由于来时匆忙，他连放在茶几上的手机都没拿，就撇着嘴不以为然地说："我没什么病，你给拿点药吃就可以了，怎么随便就让人住院呢。"医生站起来，做了个前后腿交叉走路的动作，说："你学着走一下。"庆生父亲不服气地跟他学，左腿迈开一大步，然而当他迈右腿的时候，像被人推了一掌，身子猛地一个趔趄，额头差点磕在医生的桌角上。医生揶揄地说："再不住院，你就得抬着来啦！"出院以后庆生父亲还能骑自行车，他大概觉得中风是很丢脸的事情，毕竟他才六十出头。因此遇到不知底细的人，他喜欢假装从没中风过。

第二次是在凌晨，庆生还在蒙头睡觉，父亲打来了电话。庆生在外面买了间公寓，有时候不回家住。庆生迷迷糊糊地“喂”了一声，父亲在那边失声痛哭了起来：“庆生……庆生……”他哭得快断了气似的。庆生心里一激灵，陡然惊醒，说：“别哭，你怎么了？”父亲仍然号啕不止。庆生吼叫道：“别哭了，到底怎么了？”父亲才哽咽道：“我的腿……我的腿不能走了……”这次从医院里出来，他走路开始一走一颠的，每走一步右脚都会在路上画个半弧形。中风的事实在肢体上的表征如此夸张，他再也无法假装。可能觉得走路费劲，他再没有深夜去敲庆生公寓的门——他以前总喜欢深夜光顾，突然袭击似的检查庆生在“捣鼓”什么——他改为在庆生上班的路上招手拦车，跟庆生说几句话。他说得最多的就是：“你得找个女朋友，你妹妹都结婚两年了，你还这样晃悠着，想打光棍吗？”庆生往往懒得理会他，继续开车前行，他还在身后一步一颠地大喊：“女朋友！放心上！”庆生从后视镜看过去，父亲一踮一蹿的样子活像个疯子。

第三次中风，庆生父亲自己都没发觉。他一直在床上酣睡，是庆生母亲在午后发现他不对劲，他有点神志不清了。庆生过去将他从三楼背下来，送去医院。

而现在，庆生父亲坐在轮椅上，右胳膊僵硬地蜷缩在胸前，时刻紧握住手心，像攥着宝石，看上去如同先天残疾。他的状况令人同情，躺到床上，就无法自己起身坐到轮椅上去。将他扶到轮椅上，那么坐到天黑也无法自己躺回到床上。庆生觉得身不由己这个词用来形容他最合适不过。放在哪儿就是哪儿，如同坐牢一般。看护他的，则有点像狱卒。父亲一生严厉，性格倔强，但病痛进入了他的骨头和血液，消耗掉了他的全部气力。他终于无力生气，变成了闷葫芦。如果搬动他的身体，他不知道配合用力，反而“哧哧”地笑。他以前几乎没给过庆生笑脸，中风以后变得非常爱笑，像是要将一生中所缺失的笑全部补偿回来。每次见到庆生，他总要含混不清地“哧哧”几声，母亲听不懂他说什么，父亲不停地“哧哧”着，能活动的右手还短促地在空中挥舞，口水直淌。母亲听得烦了就呵斥他，让他闭嘴。庆生悄悄问他：“你想说找女朋友的事对吧？”父亲“嗷”地尖叫一声，看着庆生连连点头，涕泪横流。庆生说：“我会带女朋友来见你的。”

庆生喜欢宝珠，将她视作女朋友。但宝珠虽没明确否认，却也没承认。她让庆生着迷，也让庆生卑微。庆生觉得她伸出一个手指头就能将自己碾碎。庆生跟父亲说带女朋友来见他，心里想的就是宝珠。她是个不错的女孩，庆生一厢情愿地喜欢她。

母亲回乡下老家看望庆生的妹妹，让庆生过来照看父亲。她交代庆生要老老实实地在家里看着父亲，尤其是晚上十二点、凌晨三点要分别喊醒他，给他接小便。“不然他准尿在床上，让整个屋子臊不可闻。”母亲信佛，早晚三炷香，她觉得屋子里充满尿臊气是对佛祖的大不敬。

晚上十一点钟的时候，庆生刚扶父亲到床上睡下不久，接到了宝珠的电话。“你在干吗？过来接我。”她嗲嗲的声音仿佛具有魔力，令庆生浑身发软。庆生边接电话边走到阳台，信阳的夜空一片混沌，不知她的声音从哪一处黑暗的地方传来。庆生回头瞟了一眼躺在床上的父亲，他的右腿在不停地抖动，第三次中风以后抖动得更加剧烈，仿佛心里有一台永不停歇的缝纫机。“你可以打个车……”庆生的声音又低又飘。宝珠的声音从一片喧闹中传来：“我不想回家……在‘后宫’门口……”庆生知道“后宫”是信阳最豪华的歌厅，玻璃门两侧并列站着齐刷刷的陪酒女，从门口经过他都觉得头发晕心发慌，更别提进去消费了。“我有些事情……”庆生迟疑道。“你到底来不来？不来我给别人打电话啦，多少人盼着我找他们呢！”宝珠在电话里叫了起来，充满颐指气使的味道。

庆生走到床边，父亲暗黄的眼睛无助地看着庆生，像是在揣摩庆生想干什么。庆生说：“你睡觉吧，我出去一会儿，很快就回来。”父亲皱着眉头“唔唔”地哼哧着，庆生不知他想说什么，也没再解释，狠心一咬牙关门而去。

深夜的街道行人稀少，路灯在树影之中发出淡黄色的光。远远可看到“后宫”歌厅门口的探照灯像利剑一般直刺夜空，映照得附近一片雪亮。几个男女大约刚从歌厅出来，站在门口高声说话，其中一个光头用粤语重复唱着同一句歌词，在深夜里听得分外清楚。庆生左右看了看，并没有看到宝珠。一个摆烧烤摊的老板看到庆生巡睃的目光，冲他喊道：“小龙虾！小龙虾！”

庆生掏出手机，正要给宝珠打电话，忽然发现路边的一只垃圾桶旁边有黑影晃动了一下，像一只匍匐的野猫。庆生走过去，将蹲在地上的宝珠扶了起来。她穿一身黑裙，手指冰凉，身体微微颤抖。站起来时，她垂在前面的头发一晃，庆生看到她的脸简直惨白，只有眼睛还亮晶晶的，嘴里喷着浓重的酒气。宝珠挥舞着手，粲然一笑："你……还是来了。"庆生沉着脸说："怎么喝这么多？"宝珠身体瘫软，摇摇晃晃地说："不多……我没醉！"庆生不由分说攥着她的胳膊将她拖到车里面。

庆生没问她跟谁一块喝的，为什么喝到这种惨况却没有人管。庆生感觉那个答案可能会把他带入深渊。车子往市郊开去，宝珠的家住在北郊的双井村，离市内大约十公里。宝珠浑身瘫软地靠在座椅上，忽然睁开迷离的眼睛说："我不回……"庆生懒得理会她，车子仍在平稳地前行。"停车！"她低声吼道，忽然伸手要抢夺方向盘。庆生猛地一踩刹车，说："你到底想怎样？"她头发一甩："我不想回家……"庆生瞟了宝珠一眼，她蹙着眉头靠在椅靠上，时不时挣扎着要起来。"你家里人都外出了？"庆生狐疑地问。"我喝了酒，回去我妈又要啰唆半夜……"她双肩微微颤抖，苦恼万分的样子。庆生愣怔了一下，觉得她的理由可气又可笑："那去哪儿？"她眼神直勾勾地看着庆生，低声说："去酒店，你陪着我。"

庆生没想到宝珠这般大胆，像是毫不设防，反倒让他陷入顾虑重重的泥淖里了。“你……你的意思是……”庆生有点结巴，语无伦次。“别瞎想，快走吧！”宝珠声音里几乎有一丝怒气，“早知道不喊你了。”

国道旁边有个华银酒店。庆生架着宝珠的胳膊将她扶了进去，她的头发从额际散落垂下，令总台服务员紧张地看了他俩几眼，目光里先是惊诧，然后像是心领神会一般，快速地给庆生办理登记。庆生想解释一下，但他还没开口，服务员就连连点头，像是一切解释都显得多余，庆生就把话咽回了肚子里。

进入房间，宝珠四仰八叉地倒在床上，压在被子上面就想入睡。她闭着眼睛，蹙着眉头，胸口剧烈地起伏，一副痛苦不堪的样子。庆生试图将她扶起来，掀开被子给她盖上，她却“哇”的一声翻过身来，嘴里吐出涎水，一只手高高扬起，拼命地挥舞着。庆生连忙去拿写字台下的垃圾桶，但转身的一刹那，宝珠已“哇”的一声吐在了地毯上。

庆生忍着令人窒息的臭味将地上的秽物擦拭干净，接了杯凉水给宝珠漱口。水在宝珠口里咕噜了几声，竟然咽下去了，搞得庆生差点也吐出来。庆生又拿来湿毛巾给她擦脸，收拾停当，宝珠像是终于清醒过来了，她看着庆生咯咯直笑。庆生忽然像被触动了身体的某根敏感神经，欲火冲头，他胡乱扒掉自己的衣服，想紧贴着宝珠。

宝珠忽然脸一冷，说：“你想干什么？要流氓吗？”

庆生悻悻然，脸上的表情僵住了，低声说：“我哪敢。”

宝珠嘴角一撇，拿过一只枕头放在两人中间，说："你若真喜欢我，就别碰我。"

庆生闷声不响，身体却泄了气。怔了一会儿，宝珠叹了口气，幽幽地说："你好好陪陪我，不然我害怕。如果你碰我一个手指头，就是不爱我。"

秋夜漫长，庆生躺在床上一动不动，静静地听着窗外秋风吹动树叶的唰唰声，给人一种正在下雨的错觉。他想起家里的父亲，自己出来了，他一定会尿床的。屋子里的臊气事小，父亲将在他的尿迹中睡一夜，这让他有种负罪感。宝珠一会儿就睡着了，她呼吸均匀，嘴唇微翘，充满挑逗与俏皮的意味。庆生忍不住侧身吻她，但想了想，又忍住了。他觉得能陪着宝珠睡一夜，什么事儿也不干，就已超越了他的期待。有几丝头发缠在宝珠的嘴角，庆生替她理顺，低声说："宝珠，明天陪我去见我爸，行吗？"宝珠嘴角嚅动了一下，哼唧几声，又睡去了。庆生感觉很棒，跟宝珠在一起，就算是沉默，也像在聊天。

一夜胡思乱想，庆生没睡安稳，直至天光渐明时才昏昏沉沉地眯了一觉，却忽然被冰凉的异物刺激惊醒，睁开眼睛，宝珠端着一只玻璃杯，正用手指蘸着水滴在他脸上。庆生翻身起来想要抓住她，宝珠咯咯地笑着起身躲开，看样子她早已醒来，洗漱已毕了。她放下水杯，对着镜子梳头。

庆生说："昨晚没碰你吧！"

宝珠从镜子里看了庆生一眼，笑着说："庆生，你真是个好人，一只枕头都可以拦住你。”

庆生顿觉沮丧，宝珠的话听上去简直有点像骂他。庆生装着释然的样子说：“反正是睡过了，我准备对你负责。”

宝珠撇着嘴说：“滚，谁要你负责。”

庆生懒懒地从床上坐起来，说：“我要带你去见我爸爸，他想儿媳妇很久了。”

宝珠眨了眨眼睛，说：“去见你爸爸不难，你得先跟我去见我妈，她有事情让你办。”

庆生问：“什么事情？我愿意。”

“你还当真了啊！”宝珠笑着说，“她天天唠叨，我耳朵都磨出茧子了，哪有时间陪她耍着玩啊。”

庆生一掀被子从床上跳起来，固执地说：“到底什么事情啊？我愿意效劳。”

宝珠转身用梳子在庆生胸前杵了一下，嘻嘻哈哈地说：“她以前从没提过，自打去年眼睛失明以后，总吵着要找她的中学语文老师。”

庆生愣在那儿，一时有点走神。他觉得这件事情颇有深意。老人家失明以后要找一个人，听上去像有着不同寻常的隐情，莫非年轻时有一段旷世绝恋？时日不多要见当初的恋人？或者其他什么家仇国恨让老人家心愿未了？

宝珠把眉笔、发卡、口红等一堆零碎儿胡乱往包里一扔，往门外走去，口里说：“记住，他叫何治豫。”

走了几步，宝珠回头看着庆生若有所思的样子，又说：“你若能找到他，我就跟你去见你爸爸。”

二

庆生和宝珠是中学同学，庆生的学习成绩不算特别优秀，但好歹考入了省城的大学，毕业后在本市一家事业单位混日子。宝珠学习糟糕透顶，中学时就跟社会上的青年瞎混，喜欢去歌厅K歌，甚至参与学生打架。庆生一直暗恋宝珠，她长得漂亮，天性活泼，看上去粗枝大叶，没心没肺的，庆生见到她却觉得轻松愉快。但他从未向宝珠表明心迹。毕业之后，偶然遇见宝珠，谈及她的经历，才知道信阳的各大商场她都历练了一圈，黄金珠宝、化妆品、服装、女包全都卖过，凡是女人喜欢的玩意儿，她无一不精。现在在和美商场达芙尼专柜卖女鞋。

和宝珠再次相遇，庆生感觉自己心里仍然喜欢宝珠。他不擅长和女孩子交往，大学期间，同寝室的兄弟女朋友换了几茬，只有他自始至终是孤家寡人。他性格木讷，举止拘谨，就算开玩笑，听上去也生涩、酸腐，因而一直不讨女生喜欢。甚至有的女生私下议论，看到他那古板的脸，就觉得“害怕”。这一“害怕”，便使庆生成了同学中的另类，像有一个无所不在的篱笆罩着他，隔离着他。他感到自己对宝珠来说最多算一个聊胜于无的朋友。但只要宝珠不讨厌他，他就不在乎其他了。他谦卑、内敛、知足，唯一的念头就是以自己温水煮青蛙般的方式追求宝珠，能不能成功另当别论。他觉得对宝珠的喜爱如同一种个人习惯，拿出来与她分享，反会招致她的反感，不如独自承载。他像是给自己打了一针具有欺骗色彩的麻醉剂，能产生某种恋爱中的幻觉。而谁能说幻觉不是爱情的组成部分？

宝珠母亲要找何治豫的事情，庆生一听便涌上一股冲动，想要追根溯源。他不能在其他方面讨宝珠欢心，做些细致的调查工作倒是他的专长。他刚到市茶叶研究所工作时，对茶叶一窍不通，几年钻研下来，虽然他知道自己对茶叶的认识全是纸上谈兵，像是玩一场以空对空的游戏，但在信阳茶产业界俨然已成了专家。宝珠母亲1968至1970年在东方红中学读书，那所中学在旧城改造中早已拆除，现在成了新天地商务中心大厦。操场现在还可以觅见一丝痕迹，改叫人民广场了，每天晚上都有一拨大妈在那里跳广场舞。

庆生首先想到了市地方史志办公室，他此前研究茶叶种植、采摘加工和贸易方面的资料都是向史志办借阅的，那里的方志馆有上万册藏书，尤其是地方旧版书较多。他认识里面的工作人员李玉珍，那是个眼睛深度近视、戴褐色假发套的老女人，估计快要退休了，说话透着浓重的鼻音，有种一惊一乍的热情。庆生去借书时，李玉珍感慨地说：“我们做地方志的，都觉得这些书味同嚼蜡，你倒是兴趣十足。”那眼神，看上去似乎觉得庆生很滑稽，是个古板的书痴。庆生也不解释，在落满灰尘的书柜里翻找，他反倒感到一种愉悦。

庆生寻觅到一本1985年用油墨印刷的《信阳教育志》，不是正式出版物，字体排版很稀疏，有些字行甚至还高低错落，局部含混难辨。庆生掸掉封面的灰尘，如同收获到某种宝贵的馈赠。李玉珍扶着眼镜看了看，笑着说："你拿去吧，这本书还有复印品，并且后来还再版过。"

吃过晚饭，庆生打开那本书，由于字体粗糙、笨大，估计全书还不到十万字。庆生逐行细读，他的直觉，这本书会赋予他某种机会。读书的过程，如同逆向探寻宝珠母亲的人生，探摸她故事的轨迹。如果没有直接的利好消息，能找到关于事情的某些破绽也是好的，反正只要能顺藤摸瓜就行。庆生很快找到了关于东方红中学的介绍，除了文字记叙之外，还附了个表格，列出了各个时期的校长名单。他看到1968至1970年期间的校长叫孙大富，没有教师方面的内容。庆生快速浏览全书，尤其是对人物一章的优秀教师名单逐人查看，出现过数名东方红中学的老师，却没有他要找的何治豫。

孙大富，是庆生唯一的收获。想了想，他给宝珠发了条短信：问问你母亲，是否认识孙大富。过了几分钟，宝珠回了一个字：噢。庆生感觉她的回应冷淡而空洞，仿佛有些心不在焉。放下书，庆生去放水洗澡。水有点凉，淋在身上冷冰冰的，刺激得他直吸气。孙大富，他念着这个名字，既有点兴奋，又有些颓然。一切都未知，但他觉得已经从深藏不露的往事中觅得一点蛛丝马迹。

"噗、噗……"庆生正在擦拭头发，听到放在床头上的手机在振动。他紧跑两步，一接听，是宝珠惊喜的声音："庆生，你咋这么能呢，我妈听到孙大富这个名字一下掐住我的手，都快流泪了！她说孙大富是校长，你能找到孙大富，就一定能找到何治豫！"

庆生擦着头上的水滴，说道："我没找到孙大富。"

宝珠一愣，立刻愠怒地说："咋，你是在戏弄我吗？"

庆生结巴起来："不……不是，我只找到孙大富这个名字，还没……还没找到孙大富本人。"

宝珠又是一怔，转怒为喜般地说："那也不错，我打听几年也没弄出个孙大富来，你继续加油！"

放下电话，庆生半是轻松半是失落。他躺到床上，重新翻看《信阳教育志》，查找有没有被忽略的细节。如同沙里淘金，他一直看到凌晨，却再无所获。孙大富无声无息地消失了，像草丛里被惊动的蝴蝶，在他眼前一闪，挣扎着振翅飞去。

看到时间很晚，庆生给李玉珍发了条短信：李姐，我想查找1970年东方红中学校长孙大富的资料，拜托帮忙。

三

单位安排庆生出差，去省城参加茶产业发展的会议。上午到办公室，庆生正加紧处理手头压着的几项工作时，收到了李玉珍发来的反馈短信。庆生打开手机瞟了一眼，心头一激灵，他感觉事情有了化解与活转的可能。看了看时间，才九点钟，他连忙给宝珠打电话，许久才听到宝珠那边传来沙哑而含混的应答声，庆生知道她还在睡懒觉，说："事情有眉目了，你快起床，我过去接你。"

车子开到双井村一个漫长的坡道时，庆生远远地看到宝珠穿着红色风衣，正从坡道上慢悠悠地往下走，手里的提包一甩一晃的，一副散漫、没正经的样子。庆生找到一个宽阔地带将车子掉头，宝珠紧走几步，跑过来笑嘻嘻地说："你找到何治豫了？"

庆生说："差不多，快上车。"

宝珠坐上车，从手包里掏出一瓶酸奶，还有两块巧克力，不一会儿，就吸出"噗噗"的声音。庆生看着她吸吮时露出的酒窝，还有垂眼时长长的睫毛，越看越喜欢。不过，他的情绪却是紧绷而脆弱的，因为他觉得自己微小的冒犯，都可能激怒宝珠，他不敢造次。

"我们去哪儿？"宝珠问。

"一个世外桃源。"庆生卖着关子说，"莲塘乡，龙牙寺。"

"莲塘？"宝珠蹙着眉想了想，"我好像听说过，古村落是吧，见过朋友去拍的照片，有好多荷花！"

庆生点头说："是的，一直说去没去成，这次机会来了！"

正是深秋的天气，太阳光很柔和，公路边的板栗树叶上点缀着露珠，亮晶晶的，从眼前飞快地闪过，偶尔还可以看到几个挂在枝头像仙人球一样的板栗果。四十分钟后，车到莲塘乡，庆生按照手机导航，在街口往右转弯，顺着斜坡向下，拐上一条石子路，颠簸着驶进了一个集市。集市不大，但各种农用车、摩托车和行人挤在一起，车开得很慢。穿过集市，前面一条小溪拦住了去路，旁边是一片开阔的沙滩，横七竖八停着几台越野车，有一队人马，正埋锅造饭，沙地上插着彩旗，女的在烧烤架上烟熏火燎地烤着香菇、鸡腿，两个胖男人光着膀子围着大铁锅炒五花肉。庆生停好车，和宝珠开始往山里步行。宝珠看那些人忙活得热闹起劲，艳羡地说："他们真会玩。"庆生说："玩什么，他们是野炊，只为了吃。"宝珠撇着嘴说："你这人，最没趣！"庆生悻悻的，时不时给路边一些树冠奇特的马尾松、麻栎树拍照。穿过小溪，山路开始陡峭起来。一直顺着溪流往上走，爬过一座山坡，宝珠脱下红风衣，露出里面的黑色紧身毛衣叫嚷道："死庆生，你来时不说干什么，我鞋子不合脚，全身都出汗了！"庆生想想也是，山路崎岖，他的确没想到，就说："要不我背你吧？"宝珠白一眼道："行。"

宝珠的身子很轻，像一股柔风压在庆生身上。她的头发垂下来，时不时碰到庆生的脸，有点痒痒的。坡道极费体力，庆生张开嘴巴喘着粗气，噔噔噔背了一百多米，就感觉不行了，双腿开始发颤、发软。这时他看到眼前有一汪清泉，身子一晃悠，差点儿栽倒，吓得宝珠"哇哇"直叫："把我放下！"二人蹲到泉水边洗了把脸，然后坐在一块褐色巨石上休息。旁边生长着一棵粗大的橡树，圆溜光滑的橡籽落在地上。宝珠靠在庆生的怀里，软绵绵地闭上眼睛。庆生看到她将毛衣的袖子捋了上来，细长白嫩的胳膊如同一只藕节。

“庆生。”

“嗯。”

秋风吹过，潭里的清水鱼麟般闪烁，空中飘来一些不知名的野花的香气。庆生觉得宝珠的声音有点异样，她几乎从未这样温柔地喊过自己。

“庆生。”

“嗯。”

“庆生……”

“你说……”

宝珠忽然一翻身，从庆生怀里坐了起来，她目光里充满柔情，如同那一汪潭水。庆生以为她要说什么缠绵的话，但宝珠却柔弱地说：“我想跟你借点钱。”

庆生感觉像是被软绵绵地扇了一耳光，他假装笑了笑，接着默默转开脸，像是对那棵橡树说话：“哦，这样啊，要多少……”

“十万。”宝珠乌黑的眼睛紧紧盯着他，既急切，又有点哀怨。

庆生轻轻咳了一声：“你要干什么？”

“你别管，总之我有用。”宝珠的语调沉静而温柔，如同具有一种抚慰的魔力，令庆生有些急躁的情绪慢慢得到缓解，“最多半年就还你，相信我。”

“我只有八万，攒着以后结婚用的，我……”庆生偏过头去，像是对野草说话，“我……再向别人借两万。”

冷不防地，宝珠在他脸上亲了一口，庆生用手摸了摸她触及的地方，惊诧得脸色有点发红。

宝珠嘻嘻哈哈笑着站了起来，拍了拍屁股，说：“庆生，还是你对我好。”

两人继续沿着山路往上走，远看着没有路，走近了才能看到一条隐约的小径掩隐在树丛之间。宝珠脚步轻快了许多，再没有喊累。巨石丛林之间，山路一会儿曲径通幽，一会儿又豁然开朗。这时从山上走来一个老头，肩上扛着一把锄头。庆生迎上去问道：“老乡，龙牙寺在前面吧？”老头目不斜视，用手往身后一挥，示意朝里面直走。

翻越到山顶，才看到两山夹峙之间，竟然有一片开阔平地，种植着茶叶，管理得不太好，茶树间杂草丛生。茶园的中央，点缀着一口荷塘，荷花已经开过季，只剩下片片深绿色的荷叶。穿过茶园往远处看，一棵大约有千年树龄的银杏树傲然耸立，树的主干已经枯死了，像戟一样直刺苍穹。银杏树的根部斜生出一丛树枝，显示它还苟延残喘般地活着。银杏树后面有一堵断墙，上方镶嵌着一张石匾，上书“龙牙寺”三个字，寺庙的主体建筑早已坍塌。庆生牵着宝珠的手，二人紧跑几步走到那堵断墙前，墙体像是随时可能倒下来，而再看拐弯部分的墙体支撑，又像是分外坚固。

“这是一个废弃的寺庙，早没有僧人了。”庆生喃喃地说。

“那我们来干什么？”宝珠显露出惯常说话的口吻，心不在焉的。

地面的铺路石，大多刻着纹饰、字迹，甚至还有棋盘，大约是从寺庙的墙体里拆下来的。路边簇拥着仙人掌和鸡冠花，显示附近还有人活动的迹象。这时一只大白鹅从相邻的院子里“嘎嘎”叫着走了出来，宝珠一下子扯住庆生的衣襟，躲到他身后。

庆生挥着双臂装出一副扑打过去的样子，将大白鹅轰开。走进那个敞开的院落，房子的墙体分为截然不同的两部分，下半部由石头砌成，上半部为干打垒墙。廓檐的立柱也分为两截，下半截是石柱，上半截则是木头，看上去摇摇欲坠。一个七八十岁的光头老人正蹲在屋檐下晒太阳，双手交叉插进对面的袖子里。他的颧骨很高，两腮深陷，看上去脸的两侧像被挖去了两坨肉。院子里还有一个稍年轻点的老汉，大约五六十岁，正蹲在墙角捣鼓一只蜂箱，一群蜜蜂正在箱口飞舞。

庆生说：“老先生您好，我想找孙大富校长，请问您认识他吗？”

光头老人“唔”了一声，抬头看着庆生和宝珠，浑浊的眼睛透出一种惊异而又迷茫的神情。

年轻点的老汉起身走了过来，手里端着半盆刚取出的蜂蜜，黏稠的深褐色，盆里还落着两只死蜜蜂。“尝尝？”老汉冲他俩一咧嘴，露出两颗焦黄的龅牙，吓得宝珠身子猛地一撤。

龅牙老汉一笑，说："找我父亲？干啥？"

庆生赶忙笑着说："噢，那位就是孙校长啊。我们从市里面来，想向老先生请教一些事情。"

"校长？"龅牙老汉皱了下眉头，然后冲那光头老人笑着说，"他们叫你校长！"

"您是……？"庆生欲言又止。

"我是他儿子。"龅牙老汉一副不在乎的口气，"你找他干吗？"

庆生犹豫起来，看了看他，不知道怎么说好。龅牙老汉似乎看出了他的意思，摆摆手说："你问他吧！"说着进屋里去了。

庆生走到孙大富身边蹲下，微笑着对他说："那位是您儿子？"

"唔。"孙大富嘴巴张开了一下，像个黑乎乎的洞口，里面的牙齿全部掉光了，"光棍，他是老光棍。"

宝珠似乎对他们的聊天不太感兴趣，她掏出手机拍照，一会儿拍屋檐下的蜂箱，一会儿拍院子里的大黄狗。才一会儿工夫，她已经跟那只大黄狗混熟了。狗不停地冲她摇尾巴，还伸出舌头试图舔她的手。

庆生想了想说："孙校长，是这样的，我们想找您在东方红中学当校长时的一个老师，他叫何治豫。"

"唔。"孙大富说话总要先"唔"一声，像是留下思考的时间，又像是意识的暂时停顿，"谁？"

“您当校长时的一个老师，叫何治豫，我们需要他的资料编一本书。”庆生一字一句地说。

“不认得。”孙大富终于吐出三个清晰的字。

庆生觉得心像被紧捏了一下，有点喘不过气来，这是他最担心的结果。但孙大富眯着眼睛，一动不动地晒太阳，像对世间的一切已经无所谓了。透过他简短的话语，庆生猜想这个偏僻的山村大约只剩下他们父子两个人了，儿子还是光棍汉。龙牙寺破败无人，他们父子何尝不像一对苦修的僧人，或者说不是僧人胜似僧人。庆生四下看了看，厨房里靠墙的一侧，用铁丝在空中吊着一只铝水壶，下面有一摊木柴燃烧后的灰烬，整个水壶被熏得黑乎乎的，看上去他们像生活在一千年前的农耕时代。

庆生叹了口气说：“你们住在这里，经济来源靠什么？”

“唔。”孙大富说，“种茶叶。”

庆生点了点头，信阳是茶乡，但采茶的一般都是大妈大婶，不知道他们父子怎样采茶。而且就算他们将茶叶芽头采下来，想要卖给山下的鲜叶收购贩子也是非常困难的事情。路途崎岖而遥远，采下来的鲜叶如果当天不及时炒制就坏掉了。

“蜂蜜。”孙大富又说，“上山打野猪。”

庆生听得差点笑出来，点点头说：“明白了，您家的收入有三项，种茶叶、卖蜂蜜，还有上山打野猪。对吧？”

孙大富点了点头。

庆生想了想，从兜里掏出二百元钱，递给孙大富：“我来时太匆忙，没买东西看您，这点钱您买烟抽吧！”

孙大富眼角往上一挑，双手从袖子里伸出来，脸上浮出似笑非笑的神情。“唔……年轻人……”他身子晃了晃，想要站起来。

庆生连忙按住他的肩膀，轻声说：“我只想知道何治豫在哪儿，没其他意思。”

这时龅牙老汉从屋里走出来，手里端着两只碗，各盛着半碗蜂蜜，递给庆生和宝珠，说：“刚采的蜜，你们尝尝，当饮料喝吧！”看到庆生给他父亲的钱，一把夺过去装进兜里，连声说：“感谢，感谢！”

庆生接过蜂蜜，尝了一口，比超市的蜂蜜浓稠许多，甜得腻人，而且有种田野的土腥气。宝珠见庆生喝了，才小心翼翼地尝一小口，然后尖叫起来：“真甜啊，这才是真正的绿色蜜蜂吧！”说着放下碗，连忙用手机拍照。

庆生蹲在孙大富身边，看着宝珠喜悦的神情，也觉得乐滋滋的。孙大富忽然想起什么似的，碰了碰了庆生，低声说：“强奸犯。”

庆生愣了一下，问：“您说什么？”

孙大富嘟囔道：“何治豫，强奸犯，强奸女学生，坐大牢了。”

庆生觉得耳际嗡嗡直响，他直愣愣地看着孙大富，觉得自己的心快跳到了嗓子眼。他的直觉告诉自己孙大富肯定知道何治豫的一切，现在果然如此。他抑制住激动的情绪，放下蜂蜜碗，轻声问："他后来去哪儿了？"

孙大富表情很漠然，嘴唇一直半敞开着，仿佛已失去了完全闭合的功能。"公安。"他想了想，好像一下子想通了，变得毫无挂碍似的，"他后来上访告状，公安知道。"

庆生瞟了一眼宝珠。她抬眼飞快地从孙大富脸上掠过，随即长久地垂下。

四

宝珠借钱，庆生既觉得高兴，又隐隐有点不安，但他还是毫不犹豫地将全部积蓄打到了宝珠的银行卡上。他觉得借钱给宝珠，表明他和宝珠的关系深了一层。数额比较大，宝珠也一定会慎重。他不想深究她要钱干什么。那像是自己眼睛里的一个盲点，过于认真反倒无益。追求宝珠的事情，一直不能有实质的进展。他觉得通过借钱的事情，两人之间仿佛产生了某种难解难分的纠葛，说不定能使事情一下子得到解决。当然，他没敢告诉母亲。

从省城出差回来，庆生腾出空儿，专门梳理了一遍关于何治豫的信息。那天得知何治豫是个强奸犯，甚至还因此坐过牢，返程的路上宝珠的情绪有点低落。她大约没想到母亲在眼睛失明之后，念念不忘要找的老师，竟然是个坐过牢的强奸犯。宝珠和庆生一样，以为母亲的心结是一场伟大的爱情，一幕刻骨的苦情剧，至少何治豫应是个英雄好汉吧，但真相竟然如此龌龊和恶心。母亲苦苦寻觅的竟然是一个终身带有污点的人，令人难言而不堪。她开始怀疑继续寻找下去的意义，母亲的要求不可理喻，简直是一件丢脸的事情嘛！

庆生说："何治豫的一切都是虚妄的，其实与我们无关。我们完成你母亲的心愿就好，因为她的心愿是真的。"

宝珠说："哼——"

但庆生并没有死心。他从孙大富的只言片语中获得的信息，其实已足够他继续追寻下去。孙大富说"公安"知道何治豫在哪儿，是因为他"上访告状"，庆生知道这是他的误解。"上访"不一定与"公安"有关，"上访"的归口接访单位是"信访局"，而不是"公安"。

庆生通过茶叶研究所的领导介绍，找到市信访局一个熟人，局里的一个老科长，姓周。庆生买一了条烟带着，见面后发现周科长是个谢顶的秃子，头发只剩四周一圈，活像一只卤鸡蛋。庆生将烟往周科长抽屉里一丢，周科长立刻笑眯眯的，热情有加。庆生说："我想查一个上访人员的资料，叫何治豫，曾在东方红中学当过老师。"

周科长略一思考，问："知道他是什么时候来上访的吗？"

庆生摇摇头，说："不知道，可能很久了。"周科长两手一摊说："那就难查了，我们这里每天都有三四十宗信访案件，市长接待日案件更多。东方红中学是'文革'期间的学校，那时我们局还没成立呢！"

庆生说："他不一定是那时上访的，也可能是十几年前来上访过。”

周科长点燃一支烟，深深吸了一口，说：“那也不行，我们上电脑管理系统也就大约十年，以前的根本没法查，案卷太多了。”

像是为了弥补歉意，周科长站起身为庆生泡茶。庆生盯着周科长油光的脑袋，心里残存的一点希望慢慢消失，在有点发灰的情绪中，庆生说了一句：“他是个强奸犯，为此还坐过牢。”

周科长的眼皮往上一挑，口里重复道：“强奸犯？坐过牢？”他忽然扣起手指在玻璃桌面敲了一下，兴奋地说，“我想起来了，何——治——豫，我知道他，前两年还来过，是个老上访户。”

“你等着！”说着，周科长快步走了出去。

庆生坐下来，慢腾腾地喝着茶，事情的进展如此艰难曲折，处处遇见障碍，又总是绝处逢生，仿佛这件事情一直在专门等待着他，只有他能破解迷局。他越来越相信，整件事情的秘密只会对他一人恩宠地打开，真是邪乎，简直有点刺激！

不一会儿，周科长兴冲冲地走了进来，口里叫嚷道：“你运气真好，何治豫去年还上访过。他的资料我给你取来了。”

庆生接过那份信访事项办理单，上面除了登记何治豫的个人信息外，还附有他的申诉书。庆生快速浏览了一遍，他的心怦怦直跳，觉得自己像一驾深陷泥泞和荒芜的马车，突然获得某种巨大的牵引力，就要挣脱出来了……

何治豫1965年从信阳师范学校毕业，分配到东方红中学当教师。1966年他所在的东方红中学存在两个派系，一个是学校领导组成的“红派”，一个是他参与的“联派”。何治豫在师范学的是美术专业，宣传画画得好，为“联派”绘制大字报，常常压住“红派”的风头。1969年“红派”的人突然将他抓了起来，拿着一份女学生的举报材料，说他曾向该女生表白，被拒绝后强行奸污了她。“红派”的人将他关起来审讯，并采取暴力逼迫他承认“强奸”的罪行。威胁他如果坦白承认，可以从宽处理，否则可能被枪毙。为了避免更严厉的惩罚，他违心承认强奸，并写了认罪书，按了手指印。1970年，专案组宣布将何治豫开除出教师队伍，并判处有期徒刑七年。三年后即1973年他被提前释放出狱，但已无公职身份。之后何治豫回老家成了农民，过上了几十年忍辱负重的生活，而他的儿子由于受到同学的嘲笑也提前辍学……

庆生默默看完，透过何治豫如同枯树枝般的字迹，觉得整个心都绞痛起来。在申诉书的最下面，有何治豫留下的家庭电话号码。庆生掏出手机拍下了申诉信。

周科长说：“这些材料你看看就可以，不能往外泄露。这种事儿在那时候很稀松平常，其实真相已经说不清楚了，甚至当事人都找不到……”

庆生长吁一口气：“知道，我做事你放心，不会给你惹麻烦。”

从信访局出来，庆生给宝珠打了个电话，将何治豫申诉书上的内容向她叙述了一遍。宝珠平时一惊一乍的，极没耐心，但这次她在电话那边非常安静，一直没有打断庆生，之后又沉默了许久，她忽然哭了起来，哽咽道："我……我好像突然明白……父亲为何……为何会离家出走……"

庆生心里又一阵刺痛，他想起的确从未见过宝珠的父亲，也没听她提起过，好像她从来就没有父亲。"离家出走"——庆生很少听说有男人会离家出走，他忽然觉得平日那样可气的宝珠也有可怜之处。

"我不清楚……事情还不好说……"庆生吞吞吐吐的，不知道怎样说好了。

宝珠在那边像是抹了一把眼泪，轻声说："没事。"

过了一会儿，宝珠又说："你人长得粗，你的心不粗。"

五

庆生在单位加班，直到深夜才回家。好在还有月亮，普照众生般悬挂于城市上空。庆生边走边不时抬头看一眼，他觉得那轮明月像是什么都知道，照着眼前的他，也照着多年前的何治豫，还有宝珠的母亲。他接近了事实，已经发现了事情的某种神秘特质，但却像是陷入了更大的迷局。他隐隐觉得，宝珠母亲可能与何治豫申诉书中的事件有关，或者再大胆假设一下，宝珠母亲说不定就是何治豫强奸案中的涉案女生。因为宝珠说她父亲多年前离家出走，内中的隐情让人不由得往何治豫强奸案上联想。或许，也只有强奸案留下的心理阴影，能够刺激宝珠的父亲如此决绝——与此同时，庆生又为自己的敏感猜想感到可鄙，他连宝珠的心思都猜不透，又如何能妄猜几十年前他们的故事，一切都不好说呢。

推门进来，父亲又尿床了。母亲正在给他换被褥，口里不停地咒骂："老东西，刚垫的床，还没屁大的工夫又尿湿了。上辈子欠了你的血债，这辈子来折磨我！"如果在年轻的时候，父亲可能早就跳起来打骂了，但现在他只能"哧哧"地笑。要么在床上睡觉，要么坐轮椅上去阳台晒太阳，父亲瘫痪以后，他的活动范围被限定在三楼的住宅里，如同被命运、被生活关了禁闭，并且被彻底忘记了。他原有的血性、脾气，像是完全被覆盖和抹杀掉了。父亲才六十刚出头，庆生想到了何治豫，他已经七十三岁了，还能坚持上访，人生际遇的差别着实令人沮丧。

洗漱之后，庆生泡了杯茶，软软地躺到床上。他从手机里调出白天拍的照片，一次次放大，回看何治豫的申诉书。他的陈述言辞恳切，貌似句句在理。但庆生却不敢轻易相信他，就算没经历过那个时代，他也知道一个基本常识，1977年后，几乎所有蒙冤的人都已平反。何治豫的案件没有得到纠正，肯定有更复杂的原因，不能相信他的一面之词。这就好比到监狱里采访犯人，单听犯人的陈述，你会以为每一个人都是被冤枉的。但深入细究起来，真相肯定又会是另外一副情形。

任何轻信的判断，都可能会一脚踏空……

庆生看了看时间，九点多钟，还不算太晚，他拿起手机按照申诉书上留下的电话号码拨了过去。

“喂。”一个年轻人的声音。

庆生说：“您好，是何治豫老师的家吗？我想找何老师……”

“哦！”年轻人在电话那边愣了一下，然后不客气地问，“你谁呀？”

“我是他当初的学生……”庆生身子一挺，从床上坐了起来，“不是，是何老师当初的一个学生想见他，我费了很大劲儿才找到你们……”

“什么事情？”年轻人仍然很冷漠。

“我不太清楚是什么事情，那个学生想见到何老师再说。”庆生说。

“神经病！”年轻人“哼”了一声，“告诉他我爷爷谁也不见！”说完“啪”地挂掉了电话。

庆生像挨了一记耳光，身子顿时僵在那儿。放下手机，颓然片刻，他又觉得可以理解，自己嘴拙，事情并没有说清楚。况且年轻人是何老师的孙子，看样子也挺冒失。不管怎样，只要确认了何老师的家，就算没联系上他本人，他觉得已经无限地接近了真相，相信一切最终都会弄明白的。他忍不住想，如果告诉宝珠和她的母亲，不知道她们会是一种什么样的心境，激动、紧张、喜悦，还是沉重不安？

正浮想联翩，手机响了起来。庆生心里一动，以为是年轻人回拨过来的。拿起来一看，是宝珠。

“在干吗？”宝珠那令人身体发酥的嗲腔传入耳膜。庆生瞬间想到，宝珠但凡出现这种声调，往往都是有求于他。

“没干吗。”庆生心想，别又是让我去什么鬼地方接你。

“人家肚子饿了，我家这地方黑灯瞎火的，你给我买点吃的送来好不好，求求你了，庆生。”宝珠嘻嘻哈哈地哀求道。

“想吃什么？”庆生说得不动声色。

“太谢谢你啦，庆生，你真好！”宝珠在电话里尖叫道，“我想吃东关的酱汁鸭血，西关的烤鸡翅，南关的臭豆腐，配两张牛肉饼，还有，带两瓶啤酒，最好是黑啤……”

“吃得完吗？”

“还有我妈妈呀，你都忘了她老人家了！”

已经晚上十点了，庆生心里憋着一口气，觉得宝珠折腾人，但他又不能不去，这使得他即便去也怀着一种赌气的情绪。披衣下床，开车去买酱汁鸭血时，他才发觉宝珠要的三样东西，分别处于信阳最东、最西和最南的三个夜市，东西不值钱，却需要开车在信阳市绕出一个大大的三角形才能买齐，而宝珠家所在的双井村位于信阳北郊……幸亏没有旁观者，庆生觉得任何一个旁观者看到他，都会为他感到羞耻和难堪。

开车到宝珠家门口，庆生看到她屋檐下的灯亮着，像是专为等着他来。他按了按车喇叭，提出几兜吃食下车。不一会儿，门开了个缝儿，宝珠从里面闪了出来，微笑着冲他招手。庆生走过去，宝珠笑嘻嘻地在他脸上“叭”的一声亲了一口，低声说：“你真棒！”

庆生没有表现出激动，他将手提袋递给宝珠，说：“我找到何治豫的家了，但是他拒绝见你母亲。”

宝珠竖起一根食指“嘘”了一声，说：“知道了，你先回去吧，明天打电话给你。”

正说着，从门里闪出一个年轻人，脸很瘦，鼻梁高挺，一头长发，像个流浪歌手似的。年轻人冲庆生看了看，一声不吭伸手钩住宝珠的脖子，将她钩进了屋里，“嘭”地关上了门。“庆生……”宝珠还想说什么，声音像被生生地堵在了喉咙里。

庆生惊得眼睛动也不动，简直入了神。他觉得宝珠彻头彻尾地在耍他、愚弄他，他想到了车子后备箱，恨不得从中找根铁棍打进去。他浑身哆嗦，脑子嗡嗡响，像是快要爆炸了。

忽然，门又开了个小缝，宝珠再次从里面闪出半个身子，低沉而温柔地说：“庆生，你先回去，别多想，回头我再跟你说。”她侧着身子，眼睫毛抖动着，眼睛半睁半眯，这是她最迷人的一个角度。

庆生怔了怔，转身离去，心想你不用跟我解释。

庆生不想知道那年轻人姓甚名谁，他觉得那是深渊。

六

庆生并没有等到宝珠的解释，她凭空消失了，仿佛那晚的事情根本没有发生过。庆生先是等待、犹疑、不安，最后几乎有点寒心，因此也放下了寻找何治豫的事情。这段宝珠母亲的人生逆向之旅似乎只差最后一里路，庆生觉得遗憾，却也坦然。他专注于此事，甚至忽视了自己。而他的人生原来已经如此荒诞、滑稽和不堪，再想着宝珠母亲的心愿，简直有点不道德。生活的岔路太多，他觉得自己不小心就走岔了。自己那些想当然的拯救欲，其实苍白而虚弱，往事令人难解。其实就算他完全理解又如何，所有的理解都可能包含着误解。

但一次偶遇，让庆生再次陷入了他已决心放弃的事件之中。

信阳西郊有一个白龙山庄，是白龙茶叶公司老板开办的。庆生常和一些喜欢喝茶的朋友过去喝茶聊天，或者玩玩牌。那天去的时候，庆生看到一帮老年书画家正在山庄大厅的桌案上作画。那帮老画家，一个个银髯飘飘、仙风道骨的样子。他们各画各的，时不时互相调侃、取笑。庆生一打听，才知是重阳节，山庄老板将信阳的老画家们请来吃饭、作画。

有一个戴毛线帽的画家，正在画一幅年画，一个白胖的穿红肚兜的孩童，怀抱一只硕大的鲤鱼，活灵活现，引得庆生站旁边围观。那画家边画边揶揄似的感叹："你们都是丹青妙笔，我嘛，乡野村夫……"

庆生一笑，忍不住接话道：“乡野村夫能画得这么好？”

旁边一个光头长胡子画家说：“别听他的，他是想说他有绝活！”

毛线帽画家说：“绝活不绝，哪像你们都师承泰斗，自为大师……”

光头画家哈哈笑着说：“别说你没老师，何治豫的水平可不差。”

庆生心里一翻腾，差点口吃起来：“你……你们说的，是……是东方红中学的何治豫？”

不光毛线帽画家，连光头长胡子也愣了。毛线帽画家盯着庆生看了几眼，然后又埋头作画，轻描淡写地问：“年轻人，你怎么知道何治豫？还知道东方红中学？”

庆生觉得身上直发热，急切地说：“我找何治豫老师很久了，我一个朋友的母亲，是何老师的学生，现在眼睛失明了，想见何老师一面。”

毛线帽画家“嗯”了一声，手里的画笔并未停下，接着问：“你朋友的母亲，她姓什么？”

庆生挠了挠头，说：“她姓什么我还真不知道，我这个朋友姓李，李宝珠……”

那边的光头长胡子画家鼻腔里“哼”了一声，说：“白骨精！”

毛线帽画家忽然将画笔一丢，吐出几个字：“是那个贱人！”

庆生觉得心都要跳到了嗓子眼儿了，他们言语中充满不屑，还有某种愤怒，仿佛早已洞察所有的真相，而这恰是他急于了解的。就算不再想着完成宝珠母亲的心愿，他此前已经介入这个事件之中，难免还是会想知道谜底。如同沿着溪水逆流而上，已经听到了瀑布飞流直下的声音，怎能不想看一眼瀑布呢？

“你们说的我听不太懂，我在信访局了解过何治豫老师的事情，当然是是非非的真实情况我并不知道。我朋友的母亲想见何老师，却被他的孙子拒绝了。到底咋回事啊？”庆生说着，拿起旁边的茶壶给毛线帽画家的茶杯续水。

“不见就对了。”毛线帽画家神情依旧淡然，说话却极为狠毒，“那贱货可把何治豫害苦了！”

“何治豫1965年从信阳师范学校毕业，分配到东方红中学当教师。1966年他所在的东方红中学存在两个派系。何治豫在师范学的是美术专业，为‘联派’绘制大字报……”庆生清了清嗓子，开始凭记忆复述他在何老师申诉书中看到的情况，他说得旁若无人，那一瞬间口才竟然极好。

毛线帽画家的眼睛忽然闪亮起来，他静静地听，然后摘下帽子，一声不响地坐到旁边的沙发上。

“年轻人，你是干什么的？”毛线帽画家声音低沉，又充满着某种慈祥的意味。

庆生说：“我是市茶叶研究所的，我跟李宝珠是好朋友，她母亲眼睛不好，今年彻底失明了，现在可能感到时日不多，想见中学老师何治豫一面。我一直帮她调查了解，但没想到何老师是个强奸犯……”

“谁说他是强奸犯！”毛线帽画家忽然眉头一挑，神情冷峻。

“但是，如果何治豫老师有冤情，为何没得到平反？”庆生嘴硬道。

毛线帽画家沉沉地叹了口气，用手摩挲着花白的头发，说：“我当时也是东方红中学的老师，你那个朋友的母亲，如果不出所料，应该姓白，叫白银花，有个绰号叫‘白骨精’，她后来嫁给了胜利电影院的李铁锤。她被孙大富为首的‘红派’利用，诬告何治豫，目的是使何老师不能继续给‘联派’画宣传画……”

“如果这样，何老师为何没有得到平反？”庆生问。

毛线帽画家又长叹一声，说：“有些事情，不是你想象的那样简单。何治豫曾经申诉过，可他1969年写过认罪书，承认强奸了女学生，并注明时间地点等等细节。这份材料在他的档案中保留下来，成为他的罪证……”

庆生感觉好像有一股寒冰从脚底渗入体内，让他浑身发冷打战：“难怪何老师一直上访，他太亏、太冤枉啦！”

“上菜了，快来吃饭。”光头长胡子画家去包厢里溜了一圈，出来冲毛线帽画家挥手喊道。见两人谈兴正浓，他嘴里又咕哝道：“孙大富还活着吧，不知跑哪儿去了，他可真能活……”

毛线帽画家站起身来，走出两步停住了，像是思考了片刻，重又坐下来，定定地看了庆生几眼说："何治豫是我的老师，我跟他学画画。这么多年他上访一直不成功，你知道是什么原因吗？"

庆生心怦怦直跳，他觉得老先生身上都散发着一种充满底蕴的暗光，掌握着他想知道的深不见底的答案。

"因为他听不进去我的意见，不肯找白银花当面对质。"毛线帽画家说着用手拍了一下沙发扶手，情绪似乎有点激动。

"他太固执，坚持说白银花单纯无知，是被坏人利用了。他虽然上访，却不愿将白银花牵扯进来，怕对质会对她造成再次伤害。他想恢复个人名誉，就算追究责任，也只追究强奸案的策划人孙大富的责任。你想一想，不跟白银花对质，凭他的一面之词怎么可能办得到……"毛线帽画家说话声音不高，却似急风骤雨中的一道闪电，将整个事件撕裂了一道口子。瞬间显露的真相如此刺目，如此震撼，庆生觉得自己简直有点眩晕了。

七

庆生给宝珠打电话，说："我有事情要告诉你。"

没想到宝珠说："我也有事情要告诉你。"

两人相约在宝珠工作的商场对面的左岸咖啡厅见面，庆生和宝珠将近有一个月没有见面，也没有联系。庆生介怀的是，宝珠欠他一点解释，无论她怎样没心没肺，也不至于如此若无其事。而自己再怎么迟钝、憨傻，再怎么喜欢、爱慕宝珠，也不可能没有一点自尊。但从老画家嘴里得知的事情，与何治豫的申诉书相印证，他觉得基本可以判定，何老师确有冤情；而“白骨精”究竟是不是宝珠的母亲，他急需要验证；因此把持不住，主动联系宝珠出来。

庆生自己叫了一壶红茶，给宝珠点了咖啡，还有一碟雪梅和开心果。宝珠情绪似乎不太好，总是垂下她那长长的眼睫毛，令庆生忍不住心生一种爱恨交加的复杂情绪。

“你听说过‘白骨精’吗？”庆生试探着问。

宝珠忽然手一抖，刚端起的咖啡洒了一点在桌布上。她瞪大眼睛惊叫道：“庆生，你真能啊！你如何知道这个名字？我爸爸还没离家出走的时候，常因为这个名字和我妈吵架……”说着，宝珠忽然哽咽起来，眼泪夺眶而出，她放下咖啡杯，连忙捂住眼睛。

庆生心里一酸，无声地从桌上扯过几张餐巾纸递给她。

宝珠接在手里，继续抽泣着。

“看来阿姨就是白银花了。”庆生叹了口气，“叔叔离家出走时你多大？”

宝珠泪水再次汹涌，脸上的妆全都花了，双肩无法抑制地颤动着，像是喘不过气来：“七八岁吧……我爸爸是电影放映员……在胜利电影院放电影……那时候一碰见熟人，回来就跟我妈生气……不过我爸爸很疼我……后来，他出去放电影，再没回来……”

庆生坐到宝珠身边，用手轻轻拍了拍她的后背。这个泼辣开朗、没心没肺的女孩，其实也有着柔弱、可怜的一面。或许每一个外表光鲜的人，内心深处都有一处秘不示人的伤疤。她有许多缺点，有些甚至不能让人容忍，但庆生忽然心软了起来，不可抑制地涌起一种心疼、理解和怜爱的复杂情绪，刹那间他原谅了她。

“你知不知道……”等宝珠安静下来，庆生轻声说，“你妈妈……白阿姨可能伤害过何治豫老师，而且伤害得非常重，简直不可原谅，因此才成为她的心结，才要见何老师……”

“我找你就是为这事儿。”宝珠平静下来，从手包里掏出一个笔记本，翻开其中的一页，递给庆生，“我在母亲的抽屉里发现这本她十多年前的日记，终于明白父亲为什么会离家出走了……”说着她掏出粉盒、口红给自己补妆。

庆生瞟了她一眼，说：“不补妆也很漂亮。”

宝珠“扑哧”笑了一下，说：“别看我。”

日记是用蓝黑色钢笔水书写的，纸页已经发黄，有些字迹洇散开来——

何老师，不知您在哪里，人生的缘分有时如此之浅，令人痛心。我已经有三十年没有见过您了，也不知此生能否再相见。三十年来，我无时无刻不活在痛苦和悔恨之中，一日也不能摆脱。当然，您比我更痛苦，更屈辱，我说这些可能没有意义。

当年，孙大富几个人让我出面做证，诬告您有罪。许诺事成之后，将推荐我上大学。我年幼无知，违心陷害了您。您蒙受了不白之冤，而我大学没上成，名誉还毁掉了，不得不四门不出，过着终日抑郁寡欢的生活。我跟李铁锤解释，他始终不相信，把家闹得不得安宁，最近还赌气离家不归……

可能说什么都已经晚了，我也不能见到您。如果可能，我愿意跪在您面前，任您处置。而我的罪孽，任您杀剐也不能被宽恕。人生在世，这是我最大的遗憾，我希望您能听到我的忏悔，而这竟然不可能……

庆生看完那篇日记，觉得像被抽掉了脊椎骨般，他觉得身子要塌了。他性格愚钝，算不上多愁善感，却也不知不觉眼眶有点发潮。日记应该是写于宝珠父亲离家出走后不久。谜底终于揭开，庆生明白了一切，一瞬间，庆生觉得能够理解和原谅宝珠的母亲了。她那时十六七岁，在时代的浪涛、漩涡面前，如同水面的一片树叶，随时都可能被暗流淹没，自然无法掌控自己漂泊不定的命运。

“我一定会找到何治豫老师，将这封信给他看，这也算是完成白阿姨的心愿了。”庆生说。

“你看着办吧。”宝珠说。

庆生心里泛起一种深重的悲伤与解脱的轻松互相交织的

复杂情绪。记忆存于人的脑海，如果能变成确实的存在，他真想替何老师，还有宝珠妈妈，用剪刀剪去那段记忆。他们的故事庆生觉得如此陌生、虚幻，难以言状，对当事人来说肯定更加残酷，一切都难以烟消云散。

“庆生。”宝珠柔声道。

“嗯。”

“庆生。”

“嗯。”

“我可能……对不起你……”宝珠忽然身子一软，眼泪又奔涌而出，趴在桌子上。

庆生心里一紧，说：“别这样，已经说了，交给我来处理。”

“不是那件事。”宝珠眼里不断滑落出晶莹的泪珠，令庆生心颤。

“别哭，怎么了。”

“我……”宝珠剧烈地抽泣起来，脸上刚补的妆又花了，两颊泛着透明的粉色，“我可能被骗了……”

庆生的心被尖锐地刺痛了一下，连声问：“到底怎么了？快说！”

宝珠哽咽道：“我借你的钱，是拿去给一个朋友拍电影，他说投资回报很好。你知道，我爸爸是电影放映员，小时候我就喜欢看电影，一直有电影情结，听说他投资拍电影，我一冲动就向你借钱去投资……”

庆生觉得天旋地转一般，差点要晕倒，他一直隐隐觉得那笔钱可能要出事，但没想到会这样糟糕。他以为宝珠拿去做女鞋生意什么的，就算投资失败也不会赔太多。他完全傻掉了。

“我知道你喜欢我，可是，你爸爸瘫痪，我妈妈失明，我们两个家庭都太苦了。我觉得我们需要钱，有钱才能改变一切……”

庆生蒙了，他感到生气、愤怒，却又被宝珠说得心里涌上一股柔情，看到她眼噙热泪的样子忍不住心疼，恨恨地问：“是那晚我见过的长毛吗？你们是怎么认识的？”

宝珠点了点头，说：“是他，通过微信认识的。可能是骗子！”

庆生拍着桌子反问道：“你怎么知道他是骗子？”

宝珠的眼泪唰地又流了出来，长睫毛忽闪忽闪的，挂着泪珠：“他的手机打不通了……”

八

父亲的身体越来越差，坐在轮椅上时脖子没有以前直挺，总是不自觉地偏着头打瞌睡。让人揪心的是，他虽然天天尿床，却已经两周没有排出大便了。母亲刀子嘴豆腐心，她嘴上天天咒骂他，暗里掰着手指头算日子，观察他大便的动静。庆生去找医生求教，医生给开了一种名叫麻仁丸的药。

母亲给父亲喂了几次，愤然道：“这是什么药？跟驴屎蛋似的，你爸吞不下去。”

庆生才想起父亲中风以后吞咽功能变差，而麻仁丸看上去比鹌鹑蛋还大，真不知道药物制造商是怎么想的。庆生让母亲将药丸切碎，搅拌在水里给父亲服用。同时每天多喝水，吃香蕉，可无论怎样折腾，都不见效。问父亲想不想大便，他只会迟钝地摇摇头，似乎吃进肚子里的食物都凭空消失了。有时庆生夜里睡在公寓，心里想着的却是父亲的大便。以至于他几乎无法平躺入睡，只能靠在靠枕上迷糊一觉。而宝珠受骗的事情，更令他痛心疾首，心力交瘁。人们说没有在深夜痛哭过的人不足以谈人生，庆生不以为然，他觉得就算真的想哭，也不是每个人都能哭得出来。生活快将他压扁了，他却欲哭无泪。

宝珠受骗的事情，庆生写了份报案材料，带着宝珠去市公安局报了警。他对案子侦破并不抱太大希望，诈骗犯都无比狡猾，事情的结果不会以个人意志为转移，他觉得自己是尽人事，听天命。

他心里还想着另外一件事，一定要见见何治豫老师，表达一下宝珠妈妈的那份忏悔。可能像白阿姨说的“没有意义”，但人生除了生老病死，其他能有什么事情能说有绝对的意义呢。个人的血肉之躯在历史长河中实在渺小。有形与无形，具象与抽象，真实与玄妙，世上的事情大多说不清楚。而他觉得宝珠妈妈的那封信，对何治豫老师受伤的心灵可能是一次激活，一种抚慰。这就是意义。

还是在晚上，庆生咬着牙给何治豫家里打电话。

“喂。”听着还是上次年轻人的声音。

庆生心里想着不妙，稳稳情绪说：“您好，冒昧再次打扰您。但请容许我讲几句话，给我一点点时间。”

年轻人哈哈一笑，说：“你是谁，真搞人。”

“我叫庆生，上次给您打过电话，要找何治豫老师的那个人。”庆生说。

“噢。”那边语气冷了下来，“你想说什么？”

“是这样，我找了何老师许久，因为我一个朋友的母亲，曾是何老师的学生，她叫白银花，几十年前伤害过何老师。她现在眼睛失明了，内心充满了忏悔，想见何老师一面……”

“你现在说这些有用吗？不是跟你说过不见吗？”年轻人只听了几句就不耐烦起来。

庆生叹了口气，说：“这样吧，我想见你一面，电话里实在不好说，行吗？”

年轻人踌躇了片刻，然后说：“明天……你去解放路蓝天自行车行找我吧。”

“蓝天自行车行，知道，明天见。”

挂了电话，庆生觉得心情终于像是得到了某种释放。他庆幸自己临时拐了个弯，就算不能让宝珠妈妈见到何治豫，自己先见何老师的孙子也未尝不可。如同国家元首不方便直接会面，先派其他人接触一下，制造气氛，循序渐进，最终才能务实有效地推动真正的会面。

庆生躺到床上刚想睡觉，母亲忽然打来电话。每次夜里接到母亲的来电，庆生总是控制不住心里发颤，害怕父亲犯病。但这回母亲却朗声说道："庆生，恭喜发财！"

庆生心里一动，说："什么事儿？"

母亲笑道："你父亲的大便来啦，全拉在了裤裆里！"

庆生哭笑不得，同时又惊又喜。他觉得母亲挺逗的，父亲的大便，这算什么财？但在情急之下，或许只有"恭喜发财"四个字能表达母亲的心情。

第二天上午大约九点钟，庆生约着宝珠一块儿，找到解放路的蓝天自行车行。他知道那地方，是一家驴友俱乐部。喜欢骑行的车友在那店里配装备，然后约着一块儿出去骑车，环信阳市，绕南湾湖，穿西山百里茶廊等等。

蓝天自行车行门口，有两个年轻人正蹲在地上组装自行车。庆生走过去问道："我找何……"

正说着，从店里走出一个瘦高个的年轻人，穿着一身绿色的登山服，头戴登山帽，双手插在兜里，嘴里叼着支烟，一副吊儿郎当的样子，看了看他们，说："你是……庆生？"

庆生连忙走过去，说："是我，您就是何老师的……"

年轻人"哼"了一声，又扫了一眼宝珠，说："你精力真好，不依不饶的，想说什么？"

庆生左右看了看，街头实在不像说话的地儿，不得不长话短说："我这里有宝珠妈妈，就是当初何老师的学生，在日记里写给何老师的一封信。我想见见何老师，将信给他看。

他愿不愿见宝珠妈妈，看了信以后再由他决定。”

年轻人吐掉嘴里的烟头，揶揄似的问：“真想见？”

庆生点头说：“真想见，我们找何老师很久了，这是宝珠妈妈的心愿，我相信何老师也在等待这个结果。”

“那行。”年轻人转身从自行车行推出一辆山地车，“跟着我，带你俩去见他。”

庆生看了宝珠一眼，见她也面露喜色。庆生冲年轻人说：“坐我的车去吧？”

年轻人头也不回地骑上自行车，说：“你们跟着我，没有多远的。”

庆生只好和宝珠上车，在后面跟着年轻人。他虽然骑的是自行车，但速度很快，在市区一度还甩掉庆生一截。出市区以后，沿着滨河路往南湾湖方向骑行，年轻人的速度更快了。自行车被他驾驭得轻灵飘逸，如同在参加赛车比赛，庆生在后面以三四十迈的速度紧紧跟随着他。

宝珠坐在副驾驶上问：“他这是去哪儿？怎么像是往乡下去。”

庆生说：“可能何老师住在乡下，年纪大了嘛。”

年轻人头也不回，一骑绝尘般往前骑行。车子骑到贤山脚下的时候，四周秋风萧瑟，草叶枯黄，年轻人忽然从自行车上跳下来，朝一片树林走去。

庆生和宝珠也从车上下来，紧跟着他。年轻人走出十几米远，停下脚步，掏出一支烟来，蹲在地上手挡着风用打火机点燃，深深吸了一口。

庆生问："这是哪里？怎么不走了？"

年轻人冲远处努了下嘴，说："不是要见何老师吗？他在那儿。"

庆生往树林里一看，心剧烈地颤抖了一下，是一座矮小荒秃的坟头，没有墓碑，没有任何标记，从远处看过来，可能根本不会发现。

"你们有什么话，去跟何老师说吧。"年轻人干脆坐在了草地上，独自吸着烟。

庆生听到宝珠"啊"地叫了一声，眉头深蹙，面带悲伤。庆生轻轻走到那座无名坟头前，他将信将疑，可又不能不相信眼前的事实。冷风吹来，坟头旁的几丛芦苇随风飘摆，庆生忽然双腿一软，跪了下去："何老师，我受您的学生白银花阿姨之托前来看您……现将白阿姨在日记里写给您的信读给您听……"

宝珠先是惊诧，然后也在庆生身后跪了下来，轻声地啜泣。

读完，庆生毅然用打火机点燃了那本日记。

"何老师，您和白阿姨都是长辈，你们之间的恩怨可能轮不到我来说话。那是造物弄人，白阿姨已经知道错了，况且她是学生，您是老师，请您原谅她吧！"庆生说完，连磕了几个头。

宝珠忽然身子一软，像是要晕倒似的。庆生扶住她，轻声喊："宝珠，宝珠，我在这儿，不要怕。"

连喊数声，宝珠才清醒些，庆生将她抱在怀里："一切都结束了，让白阿姨释怀吧，我相信何老师会原谅她的。"

宝珠点了点头，泪花轻溅。庆生牵着她的手站起来，给她擦拭眼泪。宝珠猛地紧紧搂住庆生的脖子，身体微微发颤。

庆生拍了拍她的后背，说："宝珠，不管有多少人喜欢你，但我是最喜欢你的那一个，因此我可能是世界上眼光最好的人，你得对我好一点。"

宝珠悲伤不已，"哇"的一声痛哭起来。庆生感到一种复苏的柔情从体内泛起，寒冷的秋风此刻如同春风般轻拂，让他感动。

两个人携手走出坟地，那年轻人见状，什么也没说，从草地上站起来，拍拍屁股，飞身一跃，骑着自行车先行离去了。

走到汽车旁边，宝珠忽然站住说："庆生。"

"嗯。"

"庆生。"

"嗯。"

"庆生。"

"什么，说。"

"我跟你回家。"

（原载《山东文学》2018年第11期）

怎样拍摄电影

1

张源想拍电影不是一天两天了，我们身边的人都知道。作为市群艺馆的专职画家，他办公室的墙壁上张贴的不是书画作品，而是近几年的全国电影票房排行榜，还有花花绿绿的电影海报。他常常端着茶杯一边品茶一边看着票房排行榜出神，像个深谋远虑的军事家在分析作战地图。

张源很少关注那些大投资、大制作的电影，因为他发现了电影界潜在的规律——投资不一定和票房成正比，有时候甚至成反比。投资六亿拍的电影，票房可能不到三亿，而投资两千万拍的电影，票房可能达到十亿。“不能带着艺术情怀拍电影，那样好心会变成驴肝肺。”他对我说，“这个时代最不值钱的就是情怀，拍电影就像泡女人，一认真你就输了。”看我似懂非懂，他拳头一挥，“电影是玩出来的，哄着脑残的影迷们玩。”

他喜欢研究那些低成本的青春喜剧——他称它们为商业电影，看着那些低成本商业电影不断刷新票房纪录，七亿、九亿、十一亿、十三亿……他红肿的眼睛炯炯放光，仿佛那些跳动的数字都与他筹拍的电影密切相关。“电影应该……有搞头。”我说，“每个县城都在建商厦，每个商厦都在上影城。”他定定地看了我一眼，说：“说得不错，中国未来一部普通的电影，票房都将达到五十亿。为什么？因为我们人多。”停顿了一下，他又补充道，“人多傻逼就多。”看着张源信誓旦旦的神情，我几乎相信了他能从众多的傻逼手里挣得他人生的第一桶金。

“就算如此，”我吞吞吐吐地说，“你光看这些图表……也没什么实际用处啊！”张源微微一笑，说：“我每天花一个半小时分析前一天的电影销售数据，为什么表现好、为什么表现不好，影迷为什么喜欢、为什么不喜欢，每一个电影元素都要分析到，得出正确的判断需要较长时间。”最后，他像伟人似的挥舞了一下手臂，满怀豪情地总结道：“这是大数据时代，好的电影人都痴迷于数据，不痴迷于数据的电影人都是伪电影人。”他说得煞有介事，我心里暗自想笑，强忍住装着良言相劝状：“人们将拍电影称作‘触电’，可见还是要接触，你光说不练怎行？”

他一下子拍案而起：“你说到了点子上！”说着弯腰拉开抽屉，从里面取出一本塑料封面的精装册页。我接过来一看，是一份电影策划书，电影的名字叫《美眉，等等我》。翻开第一页的剧情简介，看到这是一个年轻女孩在大学和毕业后初入职场这段时间各种“作”“腐”“败”的青春故事。第二页是女主角的照片，一个穿着白裙子的女孩站在船头回眸微笑，风将她的头发吹得有点乱。女孩正一手理发丝，一手抓住飘动的裙摆。她身材高挑，皮肤白皙，脸蛋很漂亮。照片下方印着女主角的名字：吕佳蓉。看着那只木船前方的水面，还有远处的山峦，我觉得有点眼熟。“这是在南湾湖吧？”我疑惑地问道。南湾湖是我们市西郊的一处风景区，再往西是五云山，漫山遍野都是茶园。

张源笑着说：“这是女一号，我可以将她捧红！”我抖着那张彩页照说：“挺漂亮啊，哪里的？”张源诡秘地眨巴了几下眼睛，说：“‘碧海’茶叶公司的，今年大学刚毕业，师范学院艺术系的。”我接着往后翻，其他剧中人的照片还打着阴影，下面列举着备选演员名单。再后面是投资计划、赞助计划、销售计划等。我看到电影总投资为二百万元，差点又笑出声来。“这点钱哪够？拍预告片还差不多。”我嗤之以鼻。

“二百万都花不完，我算了多少遍了。”张源正色道，“我打算从北京请一个纪录片导演来执导，已经谈得差不多了，片酬八万块。从电影学院租一套拍摄设备，要十万块。其他演员从‘北漂’人员，还有‘北影’‘中戏’的学习生里选，给他一万块钱片酬就高兴得屁颠屁颠的。主要开支是四五十人的团队，吃喝拉撒睡，整整一个月，每天都得消耗一两万。”张源掰着手指头逐项算给我听，最后他补充说：“我还有节约的办法，比如说咱们市电视台为了拍摄茶乡风光专题片，花一百多万元去北京买了整套全新的摄像设备，我可以借过来使用……”

我心里一动，脱口说：“缺放电影的不？我老家一个叔叔会放电影，他可以免费给你放……”“滚！”我的话还没说完，冷不防他猛地捣了我一拳，“看来你对电影一点也不懂。电影都是由院线放映的，不过……我的这部电影可能无法上院线。”“为何？”我不相信他竟然也有服软的时候。“刻不起母盘。”他痛心疾首地说，“全国有四十五条院线，每条院线都需要一张数字拷贝母盘去放映。一张母盘五万块，仅这项费用就需要二百多万元。”

“不上映，如何赚钱？”我疑惑不解。张源似乎知道我会问这个问题，挥了挥那份电影策划书，信心满满地说：“我早都策划好了，收益一共分三块。第一块是电影频道放映，我可以跟西部电影集团签订制片合同，他们帮我出售给电影频道，电影频道会给五十万。第二块是互联网销售，我准备打包卖给北京一家新媒体公司，大约收益五十万。第三块是企业赞助，可容纳植入广告一百万元，本地的烟厂、酒厂、茶叶厂要全部拿下。这么跟你说吧，电影拍摄完成，就算我只得到一张光盘，也不会赔钱。”

那次谈到天色将晚，我基本被张源说服了。他是个画家，却没有困于画室，而是雄心勃勃地想做“电影人”，让我佩服。关于那部电影我没什么可说的，我觉得名字还不赖，《美眉，等等我》，他妈的，挺有想法的！“可惜我没见过电影是怎样拍出来的。”张源遗憾地叹息道，“没有实地观摩，没有亲身参与，终究是纸上谈兵啊！”

2

机会总是留给有梦想的人，张源的机会终于来了。北京某影视公司要拍摄一部讲述茶乡青年男女爱情故事的电影，来到我们城市取景拍摄。我们这里是茶乡，有座五云山，车云、集云、云雾、天云、连云五座山相连，层峦叠嶂之处，盛产毛尖绿茶。“导演组来了，我们在落叶溪山庄。”傍晚时张源给我打电话，他的嗓门很大，震得我耳朵嗡嗡直响，“你快过来吃饭，把导演陪好，将他灌醉！”

落叶溪山庄原是市郊的无名养猪场，被本地的茶企业老板以土地流转之名承包了去，一半猪舍建成茶叶生产车间，另一半猪舍改造成农家乐餐厅。原来灰砖的猪舍外墙，被钉上密密麻麻的杉木条，巧妙地伪装成古拙雅致的小木屋，可以吃饭、打牌、垂钓，听说还有几间客房，供喝醉的客人留宿。农家乐旁边不远有条蜿蜒曲折的溪流，在树影下若隐若现，因此起名落叶溪山庄。张源跟那个茶企业老板是朋友，在山庄里辟了一间画室，带我去喝过几次茶。

我轻车熟路地赶到落叶溪山庄，走进门厅就听到靠里侧的大包厢传出了阵阵说笑之声。推开门，中央是一张可容纳十八个席位的圆桌，旁边坐着形色各异的六七个男女。最里侧还有一张仿古茶桌，围坐着几个人，张源正在泡工夫茶。“来，陈总！”他冲我挥了下手，随后拍了拍旁边一个戴墨镜的男人说，“我给你介绍，这是徐导演。”我连忙欠身与墨镜男握手。他微微点头，由于墨镜的遮盖，我无法分辨他的眼神。张源又指着一个身材微胖、围着丝巾的女士说：“这是谢老师，电影的制片人。”谢女士冲我点点头，然后接过张源的话头，指着一个穿着像黑色僧袍、脖子上挂着一长串佛珠的年轻人说：“这是丁副导演，著名的星探。”又指着一个戴着灰色登山帽、留着黑胡茬的男人说，“这是我们的摄像冷老师，担任过很多大制作影片的摄像……”我哈着腰与他们一一握手。最后谢女士搂着坐在她旁边，身穿锃亮的皮衣、扎着两只麻花辫子的女孩说：“这是吴若兮，我们的女三号，从北京儿童艺术剧院请来的，小时候就是明星。”我瞟了那女孩一眼，她笑容可掬，皮肤洁白，眼大睫毛长，的确漂亮迷人。我掏出手机说：“和各位老师合个影吧？”张源放下手中的飘逸杯，说：“对，照相照相！”

张源首先和徐导演合影。徐导演一直戴着墨镜，脸上的表情似笑非笑，看上去难以捉摸。接着和谢女士、冷摄像合影，然后就想作罢，说：“我来给你们拍。”我对与他们合影兴趣不大，只去邀请吴若兮合影。张源看到我和吴若兮合影，脸上现出一种不以为然的表情。等大家重新坐定，我才知道圆桌四周坐的是化妆师、道具师和剧务人员，就问谢女士：“咱们影片的男、女主角呢？”谢女士说：“他们还在补一个镜头，之后先回驻地酒店。”

这时，酒菜上来。张源大声嚷嚷道：“各位请入席！我对老师们的口味不太了解，让山庄老板把他最好的招牌菜、最拿手的绝活全使出来了！”我注意到为剧组准备的晚餐的确丰盛，红焖野猪肉、炭烤羊排、葱爆鹌鹑、红烧季花鱼、油炸青虾……张源从车上搬下来一箱剑南春，还有落叶溪山庄用本地山草莓酿的红酒。徐导演一听说是山草莓酿的，尝了一小口，咂巴几下嘴巴，大声赞叹说：“好酒，简直是琼浆玉液！”张源打开了剑南春，徐导演坚持不喝白酒，摆着手说：“我就喝这红的，平时连山草莓都吃不到，更别提喝它酿的酒了。”我尝了尝所谓的山草莓酒，味道还算甘美，可指望这个怎能将徐导演灌醉？张源有点不甘心，瞪眼看看徐导演，又回头瞅瞅我，却又无计可施。不过，徐导演看上去似乎不胜酒力，一杯山草莓酒喝了大半，脸色就微微现出酡红。张源坐在他旁边，时不时侧身和他低语。我隐约听到他们好像说的是“画魂”“潘玉良”，还有“巩俐”“裸体”等字眼，连缀起来我能猜出大致意思——在电影《画魂》里巩俐饰演的潘玉良有裸体镜头——那是一部老电影，这些我们都知道，没啥新鲜的。大多数时间都是张源在说，徐导演在吃，偶尔抿一口红酒。最后我听见徐导演喷着酒气，身子往椅靠上一仰说：“你俩明天去探班，看我们拍电影。”

我端着酒杯给谢女士敬酒。制片人是影片的投资方，换言之是真正的老板，无疑让我很敬仰。人到中年，她身上散发着一种成熟女性雅致、含蓄的韵味。我问她："咱们片子的女主角是谁？""李梦秋。"她反问道，"听说过吗？"我想了想，没听说过这个名字，就问："长得漂亮吗？"她眯着眼睛一笑，像是预料到我会问这个问题，转身从背后拿过手包，取出一个 iPad（苹果平板电脑），翘起两根细细的手指在屏幕上飞快地划拉几下，递给我说："这儿有她的定妆照。"我接过来一看，是一个古装美女，高绾发髻，弯弯的细眉，乌黑的眼眸，肌肤雪白，穿着紫色的齐胸襦衣，锁骨若隐若现……我忍不住往下翻页，后面是她的侧影、背影，可以看出是站在一个空房间里拍的三百六十度全景照片，照片清晰度很高，简直纤毫毕现，每一张都可以印成精美画报。大约翻了十来张，我的眼睛一愣，心咯噔一下跳到嗓子眼儿，竟然是李梦秋穿着三点式内衣拍的照片，可以看出还是在前面的房间，她脱去了古装，身材玲珑，惹火诱人，仍然是三百六十度全景照片。我正待细看，谢女士像是发现了异动，一把夺过 iPad，说："后面的别看！"她先是装作愠怒状，继而又笑着说，"漂亮吧？她可是刚在俄罗斯青年电影节上获了大奖的。"我虽不是有意要看这种隐私照，脸上还是微微发烧，忍不住问她："你们选定演员，是不是都要拍这样的照片？"她斜着看了我一眼，用轻松的口吻说："当然，导演只有彻底了解一名演员，才能判断她是否符合角色的需要，对吧？"

饭桌上众声喧哗，喝了酒以后，三三两两凑在一起说笑。

没说话的也目光迷离，像在发愣。张源站起来粗着嗓子说要敬一圈酒，他晃了晃手中的杯子，嚷嚷着先干为敬。然而没有一个人理会他，仿佛一切都失去了秩序。我看了李梦秋的三点式照片以后，一直都觉得心跳得厉害，有点心慌意乱。

3

第二天早上八点钟，我和张源赶到剧组的驻地莲花酒店。时值初冬，起了淡淡的雾，阴或多云的天气。酒店门口停了三辆厢式货车，还有两辆印着我们城市运输集团字样的中巴车，看样子是剧组到我们这儿之后租来的。一些人往来穿梭，从酒店里零零碎碎地往车上搬东西。徐导演戴着墨镜，穿着一件橙色的户外冲锋衣，颜色鲜亮，有种鹤立鸡群的感觉，像是便于别人找到他。谢女士不停地打电话，安排哪辆车、哪些人先走，哪些人再等她的通知，谁谁别忘了什么事。

徐导演见到我和张源，问："你俩几台车？"张源不明所以，回答说："两台，需要我们带人吗？"徐导演说："不用，车多没地方停，你俩开一台车吧，跟在我的车后面。"张源说："行。"站在那儿无话，徐导演看了看我们，欲言又止的样子，忽然低声说："今天拍片要清场，你俩就说是媒体的记者。"张源略微发愣，点了下头。

这时，一个女孩从酒店旋转门里闪了出来，见我和张源站在一起，悄悄冲张源使了个眼色。张源立刻走过去，两人站在路边一棵香樟树下，小声地嘀咕着什么。嘀咕完了，张源用手机打了一个电话，像安排什么事情。之后，女孩转身轻快地跑回酒店，从我身旁经过的时候，她雪白的脸蛋一闪，一股浓郁的兰花香味扑入我的鼻腔。我心里一动，像想起什么，又生生卡住了。我问张源："这是谁……好像见过啊？"张源咧嘴一笑，说："吕佳蓉。"我拍了几下脑袋，想起来正是张源电影《美眉，等等我》的女主角，在他的策划书上见过照片。"她怎么在这里？"我狐疑地问。张源附到我耳边说："他们电影里有个采茶女的角色，还没有人选，我想让吕佳蓉锻炼一下。"继而冲我使了个眼色，"我跟徐导演说得差不多了，他让丁副导演试试镜。"

三辆厢式货车开到马路边，司机将车子发动，车身微微颤抖。谢女士终于喊大家快点快点，准备出发，有几个人率先登上中巴车。"剧组的人有一个共同的特点，"我问张源，"你知道是什么吗？"张源瞅了瞅，不置可否。我说，"他们都喜欢戴帽子，你看，黑的、白的、灰的，大部分人都戴着登山帽。"张源拉开车门，吐出一句："毛病！若真有个性，应该来顶绿色的！"

等中巴车出发以后，徐导演和谢女士坐上一辆丰田汉兰达。我和张源紧随着汉兰达，三台厢式货车跟在最后，一同往市西郊的山里面行进。车队在山区的道路上摇摇晃晃的，行驶的速度很慢。半个多小时以后，到了一条小河边。有人叫喊着："到了，到了！"张源瞅个空隙，将车子停在路边的草丛里。

我们从车上下来，才发现认识这地方，叫游河口，再往里面是游河镇。河面上有一座钢筋水泥桥，两边的扶手是不锈钢栏杆，河对岸还斜斜地扯着电线，如果拍电影显然很煞风景。河口上方水面宽阔一些，一面是陡峭的崖壁，另一边是绵延的水草。朝远处看，是淡褐色的五云山。我站在河边感叹："这季节太不巧了！如果春天或夏天来拍电影，茶树是绿色的，这儿非常美。可惜现在是冬天，到处一片灰褐色……"冷摄像正在旁边抽烟，回头笑着说："我们净干跟季节反着来的事儿，大雪天拍夏天的戏，大夏天拍冬天的戏，几乎就没按正常季节拍过……"张源问道："下大雪的戏，是不是撒泡沫塑料球？我见武侠片是这样。"冷摄像将烟蒂扔地上一踩，眯着眼睛说："化肥，一撒几千斤化肥，熏得人睁不开眼。我的眼睛就是这样被熏坏的。"

离岸三四米远的水里，凸起两块石头，旁边簇拥着几团枯败的杂草。徐导演指挥着剧务人员从旁边树丛里砍下一些绿枝条，插在石头周围，伪装成水里的绿色植物。剧务人员忙着搭建摄像机支架、轨道，在路边竖起两台监视器，围着黑色的布罩，后面放了两张折叠软椅。从车上搬下的一堆铝合金箱，大约装的是各类器材，码放在路边。准备停当，徐导演和冷摄像分别在两张折叠软椅上坐了下来，他俩一人看一个监视器。左边是远景画面，右边是近景画面。徐导演拍拍他身旁的两只铝合金箱，对张源说："你们两个记者，坐这儿。"

我看到了吴若兮，她扎的还是两只麻花辫子，昨晚的皮装换成了淡绿色的裙子，外面裹着一件羽绒服，正和谢女士坐在一起低声聊天，时不时掏出手机把脸转向不同角度自拍。我问她：“您在戏里演的什么？”吴若兮笑着说：“女一号的丫鬟。”她很爱笑，睫毛修长，大约是我见过的睫毛最长的女孩，一笑时顾盼生辉。太阳慢慢从灰色的云层里露出来，洒下绵软无力的阳光。我问张源：“这场戏拍什么？”张源不吭声。徐导演听见了，回头看了看我们，眨着眼睛说：“女主角河中洗浴，这是唯一的一场裸戏，带你俩观赏。”说完嗤嗤地坏笑起来。我心里一惊，冬季的河面上升着淡淡的雾，估计水温只有五六摄氏度，我都没勇气下到河里去。冷摄像不时偏过头和徐导演嘀咕着，看样子对画面不太满意。徐导演说：“再等等吧，太阳再升起一点看怎么样。”这时我看见了女主角李梦秋，早上出发时没看见她坐哪台车，这会儿不知是从哪儿冒出来的。她裹着一件绿色的军大衣，只露出脸。旁边有个女人陪着她，坐在徐导演的右侧。她的脸色非常沉静，冷冷的，仿佛对身边所有人都视若无物。她坐到折叠椅上以后，我感觉她的腿有点异样。仔细一看，原来用透明胶布一层层地缠裹着，大约一直缠至胯部。胶布里面大约有衬布，缠裹以后的腿显得粗壮而僵硬。陪着她的女的身材很矮，而且很胖，腰前挂着挎包，时不时从包里掏出粉饼给她补妆。我侧目看着她，她的表情严肃冷峻，目不斜视，呆呆地看着河面。

我对张源说：“拍电影太残酷了，这么冷的天，一大帮男人看一个美女下河洗浴，于心何忍！”吴若兮听见了，嘻嘻哈哈地笑了起来，然后侧头学给谢女士听。张源装着痛苦状地说：“我若早知道是场裸戏就不来了，不好意思啊！”见吴若兮笑得灿烂，我调侃她：“你是女主角的丫鬟，为何不跟着她，怎么一直坐我们这边啊？”她嘴一翘，“切”了一声。张源掏出手机瞄了一眼，忽然朝我肩膀拍了一下，兴奋地说：“通过了！”我问：“什么？”他将手机上的短信给我看，是丁副导演发来的：吕佳蓉条件不错，可以演出。他附在我耳边说：“出演唯一有台词的采茶女。”

所有的人都在等待，等太阳光再强烈一点，女主角就可以下水洗浴了。有个剃着板寸头的年轻人从桥下方跑过来，冲徐导演低语几句。徐导演“哦哦”了几声，跟着他往桥下去了。不知何时，我旁边坐了个男演员，穿着盘扣的棉布褂子，正缩着腿仰躺在一张折叠软椅上看剧本。男演员鼻梁高挺，面目俊朗，脸上的棱角宛如刀削斧劈，一看就有大影星的风采。我问他：“您就是男一号吧，演女主角的男朋友？”他说：“我演赵正伦。”我向他要过剧本一看，电影的名字叫《茶魂》。剧本上“赵正伦”的台词用黄色彩笔涂抹过，显得非常醒目。“赵正伦”正是男一号，一个农家子弟，炒茶技术传承人。女一号是个富家女孩，对男主角一见倾心，但女主角的家人反对，将她许配给男二号，一个大财主的阔少爷……我问他：“这些涂抹颜色的话，就是你要背诵的台词对吧？”他点头说：“是的。”难得有和主要演员交流的机会，我又好奇地问他：“您觉得背台词累吗？”他微微一笑，说：“不累，提前熟悉一下。我们是演完就过，并不需要牢记。”我指了指穿军大衣的女主角，戏谑说：“那是你女朋友，为何不去跟她黏糊黏糊？太不关心了！”他笑着连连摇头。张源站在一边叉着腰说：“人家是职业演员，有职业精神。女主角是导演的人，招惹不得。”男一号用眼角瞟了张源一下，没理会他。

徐导演站在桥下方的河滩上大声喊：“撤下来，撤下来，到下面拍！”桥上的人立即乱作一团，四下散开，分别往桥下方的河滩上搬着各种设备道具。我和张源跟着人群走下河坡，来到遍布鹅卵石的河滩上。下方的河水里长满了青苔，呈碧绿色，看不清水有多深。剧务人员重新架设摄像机支架，徐导演和冷摄像在稍平坦处支起了两台监视器，外面搭了个遮阳棚。画面调试好以后，徐导演喊道：“人呢？人呢？下河试水！”一个精瘦的小伙子迅速脱掉毛衣毛裤，穿着短裤衩跳进河水里，试探着找到一个水淹至胸脯的地方。徐导演说：“水深了，垫石头！”几个人从旁边搬来两块石头，移进小伙子站的地方，这时候水面淹至腰际。“行了。”徐导演高声喊道，“准备开拍！”

4

李梦秋在胖化妆师的陪同下，披着军大衣来到河边。剃着板寸头的年轻人一直蹲在河边指挥着往水里垫石头，这时他忽然站起来，由下而上做驱赶人群状，嘴里大喊："清场！清场！"他挥舞着双臂，不停地喊，"后撤，都后撤！"除了剧组的剧务人员，好像还有临时请来的农民工，干一些抬木头、搬架子的活。在板寸头的驱赶下，所有人员都开始往河坡上走。张源的眼睛四处巡睃，他找到了一块巨石，想躲在石头后面。板寸头大约看出了他的意图，说："不行，不行，还要往后撤！"我俩顿时尴尬万分，准备退回到桥上去。谢女士站在徐导演和冷摄像身后，伸着脖子看监视器，既像是监督拍摄，又像是虚心学习。她看到我俩的狼狈样，招手喊道："你们过来，坐这里！"我和张源钻进遮阳棚，找了两只铝合金箱坐在他们身后。

"李梦秋昨天撒娇说大姨妈来了，不想演这场戏。"谢女士笑着说，"我们徐导有魄力，把她喊过去深入地谈心，她才勉强同意，但要求必须清场，谁都不许围观。"我说："我们不知道是一场裸戏，否则不该凑这个热闹。"冷摄像说："徐导演感谢你们的山草莓酒，这好事儿得想着你们。"张源调侃道："看这个，我打牌不会输钱吧？"大家哄笑。正说话间，左边远景镜头里，李梦秋忽然将军大衣猛地一掀，我们还没看清怎么回事，白影一闪，她已扑进了河水里。她背对着镜头，碧绿的河水淹没至肩膀处。我猜想她的脚大约就踏在刚才垫的石块上。她微微回头，做撩水洗浴状。徐导演手握对讲机，低声说："头发，头发弄乱了！"那边听到声音，胖化妆师大声告诉李梦秋。李梦秋开始在镜头里整理头发，她的头发很长，湿漉漉地搭在粉嫩的后背上，皱成几绺。我的心跳到了嗓子眼儿，感觉这是拍戏的关键时刻。虽然事不关己，却也感到有点紧张。这时冷摄像握着对讲机说："B 机，B 机。B 机镜头前有草。"我定睛一看，的确，B 机是近景镜头，从河岸上推往李梦秋的上半身，依稀可见几根模糊的狗尾巴草在画面上晃动。板寸头立即跑到河沿拔草。等他手里拿着刚拔的几根草回来，冷摄像说："不对，拔得不对。"又跑过去了几个人，折腾了一会儿。冷摄像仍然说，"错了，拔的不是地方。"人群涌动了几下，那些农民工也跑了过去。这时远景镜头渐渐偏离了河面，照向了远处的树丛。冷摄像说："A 机摄像走神了，扶住镜头！你是不是在往河里看？"他透过画面能果断地推测出摄像师在干什么，遮阳棚里的人都被逗笑了。他的话说完，A 机画面重新对准了河面。李梦秋一边捋直头发，一边轻轻往肩头上撩水。她的丫鬟吴若兮站在浅水里，也在撩水洗自己的麻花辫子。那些拔草的人跑到河滩之后，再也没有离开，赖在河边往水里看，仿佛冰冷的河水里有一团火，让他们热血沸腾。冷摄像终于忍不住，起身亲自走到 B 机镜头前，将那几根讨厌的狗尾巴草拔掉。拍摄终于可以开始了，女主角一直不停地往肩头撩水，轻抚香肩，姿态迷人。她时不时侧过身来，让镜头捕捉她带着甜美微笑的脸。

徐导演左右看了看两只监视器，握着对讲机说："开拍！"有个剧务人员举着黑白斜条纹的场记板，伸在镜头前"咔"的一声。我们骤然紧张。虽是数字电影，我们却仿佛感到电影胶片在转动，每一秒流逝的都是钞票。远景和近景分工明确，各自捕捉不同距离的画面。拍了一会儿，徐导演握着对讲机说："两人互动一下，不能各洗各的！"声音传到，李梦秋开始向站在浅水边的吴若兮撩水，吴若兮也撩水回击。两人刚重复了几下这个动作，徐导演又说："停顿一下，不能一直撩水，显得轻佻。"

由于拔草的插曲，原来后撤的人现在都大大咧咧地站在河滩上，眼神火辣辣地看着李梦秋在河里洗浴、戏水。而电影正在紧张拍摄之中，谁也不敢高声说话，更顾不上驱赶人群。有个骑摩托车的村民经过水泥桥，见此情景就停下摩托车，兴奋地站在桥上看。等他发现是女演员在冬天的河水里裸浴，激动得打起尖锐的口哨。口哨声一浪一浪的，充满挑逗而邪恶的意味。徐导演一直盯着监视器，忽然不自觉地说："我的水……我的水杯呢？"话音刚落，冷摄像调侃道："哎呀，拍这样的戏的确口渴，我也要喝水。"遮阳棚里面的人都哈哈大笑。

看了一会儿，我觉得有点无聊，就拉着张源到河边抽烟。桥下河水哗哗地流淌，我蹲下来将手伸进水里，试了试温度，然而我对水温却没有判断力。"太凉了！大约四五度，或者七八度。"我说。张源瞅了瞅河水中的李梦秋，香肩嫩滑，雪白迷人。他深深吸一口烟说："拍电影真不是人干的事啊！"我看了看表，李梦秋泡在河水里半个多小时了，说："这场洗浴的戏连句台词都没有，费这么多周折真不值得！"张源瞥了我一眼，说："你不懂，这是电影的主要看点之一，他们的海报就准备采用李梦秋在河水里洗浴的大幅照片。""电影太复杂，不是一般人玩的。"我站起身说，"你不是学电影的，拍《美眉，等等我》难度比较大。"张源瞪了我一眼，不以为然地说："你懂什么？华谊兄弟牛不？你以为王中军是学电影的？告诉你，跟我一样学的绘画。"我"哼"了一声，暗自想笑，说："听说王中军拍了一幅毕加索的画，花了一个多亿。"张源喷了口烟，说："《盘发髻女子坐像》，一点八五亿。"

阳光不知不觉间猛烈起来了，河水悄悄地流，李梦秋还泡在远处的一片碧绿里，吴若兮不厌其烦地撩水洗自己的两只麻花辫子。我都看够了，徐导演和冷摄像还专注地盯着监视器，一遍一遍地拍。张源捡了块石头，使劲地抛向河上游的水面，嘴里说："我若是王中军，肯定不买毕加索的画。我买宋徽宗的《写生珍禽图》，多好的画啊！在北京昆仑饭店才拍了两千五百万……"

5

太阳升至正中，女主角河中洗浴的戏终于拍完了。河滩上的人群一阵躁动。我看到胖化妆师拿着一条酒店的浴巾，张开来站在河边。李梦秋背对着众人，从河水里刚站起身，胖化妆师就一下用浴巾裹住她，又有人给她围上军大衣，簇拥着往中巴车走去。李梦秋的步子有点踉跄，几次差点儿栽倒，旁边两个女的紧紧扶住她。张源笑着说："这就是《茶魂》的灵魂，整部戏的高潮结束了。"

一上午没喝水，我感到口干舌燥，肚子也咕咕直叫。看看时间，十一点半钟，我和张源以为上午的拍摄就此结束，不料还有一场戏——男主角背着采茶篓从河边经过，无意间看到了正在洗浴的女主角。有人喊剧中男主角的名字："正伦，赵正伦！"男主角正在玩手机，听到喊声，慌忙将手机放进兜里，背起采茶篓跑了过去。徐导演站在河边给男主角演示动作，摄像师扶着支臂重新调试镜头。剧组的人各司其职，和刚才形成鲜明对比的是，几乎没有人去围观。张源懒洋洋地站在一边抽烟，我觉得和刚才挤在监视器前的热情反差过大不太好，就装着仍然感兴趣的样子，凑到遮阳棚里观看。男主角在地上选好停下脚步的点，放置了一块薄片状的石头。他从旁边走过来，右脚一踏在那块石头上，回头时就刚好出现在B机镜头的画面中央。调试停当，徐导演说："开拍。"场记板"咔"的一声，男主角从河边走过，他透过树枝的缝隙看向远处的河面——女主角此时并不在河水里，但我们知道后期加工时，可以切到女主角洗浴的镜头——他身子一哆嗦，受到惊吓一般，急促地呼吸几下，转身退了回来。连拍了两条，徐导演走出遮阳棚，对男主角说："你看到河里的女主角在洗澡，不要直接转身就走。先转身退一小步，又忍不住回头看一眼，然后才彻底地走开。"徐导演的太阳镜在阳光下熠熠生辉，男主角听了连连点头。然而连续重复几遍，我觉得男主角的表演越来越僵硬，有种勉为其难的感觉，反倒没有第一次的表演鲜活生动。好在这时，徐导演吐出了一个字：“过！”

有人高声喊道：“转场，转场！”我看了看张源，说：“咱俩回去吧？”张源说：“这样走不合适，我们中午在剧组吃饭，下午提前撤。”我俩开车跟在徐导演的汉兰达后面，继续往山里开去。行进了二十多分钟，在一条蜿蜒的山间小道上车队停住了。从车上下来，眼前是漫山遍野的茶园，下面的一片开阔地上搭建起了两间茅屋。张源用手一指，说：“那就是男主角的房子，他是茶农。女主角住在镇上，女主角家里的戏到横店去拍。”徐导演从汉兰达上下来，对我们说：“先吃饭，他们都准备好了。”果然见到一辆农用三轮车停在前面，三轮车上放着几只不锈钢桶，还有几摞饭盒，两个村妇帮着盛饭分菜。谢女士笑着说：“你们俩今天辛苦了，尝尝我们剧组的农家饭。”

剧组人员排着一溜长队，依次从三轮车前走过，如同一支溃败的散兵队伍，每人一只发泡饭盒盛菜，另外可选择吃米饭或者馒头。剧务人员搬来一只木箱当桌子，大约是从农户家里借来的旧家具，盛来了三盆菜，蒜薹炒肉丝、辣酱烧豆腐、土豆焖鸡，还有几碗米饭，又用一只塑料袋装了四五个白馍送来。徐导演示意我和张源坐下，张源左右看看，像是观察还有没有其他人。谢女士说：“坐，就我们四个。”这三道菜，实在朴素至极，甚至都是张源平时不吃的菜，而且分量显然也不太够，但能享受与徐导演、谢女士一起吃小灶的待遇，张源似乎已足够高兴，一直咧着嘴，笑眯眯的，不时用手擦拭着木箱上的灰尘。我们三人坐下后，才发现徐导演没有椅子。张源指了指旁边的一张折叠椅，说："那儿有椅子！"徐导演看了看，却从另外一张木桌上拉出一张抽屉，侧立着坐了下来，说："那是男主角的椅子，我不能坐。"我说："你们怎么将椅子分这么清？"徐导演吐出两个字："规矩。"可能是太饿了，我和张源吃得都很香。我吃完一碗米饭，菜已经没有了，盆里只剩下一点汤汁，就放下碗拿起一个馒头吃。张源四处看了看，想起什么似的，问道："女主角呢？咋没看到她吃饭？""不用管，她自带有吃的东西。"谢女士笑道，"李梦秋不喜欢吃剧组的饭。"我想起清场的事情，说："你们上午清场，我感觉是哄女主角玩的，后来全崩盘了，随便看嘛！"徐导演正在啃一块鸡翅，"噗"的一声差点呛出来。谢女士说："洗浴的戏李梦秋昨天一直说不想演，说她大姨妈来了。晚上我去劝她，哪会那么寸？大姨妈早不来晚不来，拍洗浴戏的前一天刚好来了，结果她说她跟我女儿一样大，让我把她当作女儿体谅一下，我当场没词了。还好，我们徐导演有魄力，去跟她谈心，谈了三条想法，李梦秋才同意。"张源听得眼睛直放光，充满好奇地问："徐导演厉害，都咋谈的呀？"徐导演没有回答，咧着嘴笑，太阳镜时不时反着光，猜不透他的心思。谢女士表情轻松，看上去没有什么避讳和保密的意思："第一，你还年轻，拍这场冬天下水的戏，可以让演艺圈的人知道你能吃苦，有敬业精神。第二，你外形条件这么好，拍这场戏，对你是一种展示和宣传……”谢女士还没讲完，张源听得连连拍大腿，喊道：“导演高明！”谢女士说：“第三……”她的话还没说完，徐导演忽然手一挥，制止她说：“没有第三，两条她就同意了，只提出必须清场，谁都不许看。你们两个记者，今天算是例外了。”张源听了笑嘻嘻的，像占了天大的便宜似的。

我又想起一件事，嘴里憋不住，向谢女士介绍说：“洗浴那场戏，还有更好的外景地。从前面的小路步行往山里走两公里有一口潭，叫白龙潭。上方一道百米长的瀑布，下面是清澈的潭水……”张源眉头一皱，打断我的话说：“你傻啊，摄像机根本搬不上去！”徐导演将盆里的鸡汁浇在米饭上，呼呼啦啦地吃着菜汤泡饭。谢女士喃喃自语似的说：“没听刘总说起那口潭……”

吃完饭，剧组人员顾不上休息，开始拍摄女主角采茶的戏，男女主角将在茶园里第一次相遇。我对张源说：“咱俩先回吧！”张源看了看他的车子，发现被跟在后面的三台厢式货车堵住了。山路狭窄，只能容下一台汽车通过，旁边只能容下农民的摩托车穿过。“坏了，我们的车子被别住了。”张源说，“那货车不动，咱们走不了。”有一个女剧务人员经过，我拉住她问：“那厢式货车是干吗用的？”她回头瞄了一眼，说：“道具车，最后那辆是发电车。”张源冲我耸耸肩，看样子是没辙了，只能陪他们将全天的戏拍完。

张源的手机“嘀”了一声，他掏出来看了一眼，眉头紧锁，跺着脚说："他妈的！"我问："怎么了，出了啥事？"他愤愤地说："丁副导演说不行。"说着将手机递给我看，是一条短信：吕不是学表演的吧？很不懂事啊，怎么演？我看了，却不明所以。吕佳蓉一直在酒店那边，化妆试镜之类的，我也不太懂。张源站起来焦灼地来回踱步，像在紧张地思考。他背着手转了几圈，掏出手机打电话。一边打，一边向旁边的茶山上走去。我看到他的左手不自觉地在空中挥舞，像是论述某种人生大规划、大道理。

有剧务人员抬过来几箱矿泉水和可口可乐，堆在路边，让大家自己去取。我看到男主角坐在自己的折叠软椅上，腿蜷缩着，一直专注地玩着手机。越关注他，我越感觉诧异。在戏中，男女主角是一对患难情侣，在戏外，他俩却陌生如路人。搭戏时女的害羞，男的憨厚。一旦分开，女的身在茶园，男的立即跑过来摆弄手机，仿佛他俩没有任何关系。张源打完电话，慢腾腾地走过来，他的腹部硕大，羊毛衫隆起，像半只皮球扣在肚子上。我递给他一瓶矿泉水，他拧开盖子咕咚咕咚喝了几大口，看着远处拍戏的徐导演、冷摄像，还有一群扮作采茶女的小姑娘，目光充满了疲惫与焦虑，叹着气说："我中午喜欢眯一会儿，看他们拍戏真累啊！"我说："咱俩当观众，什么都不干，就感觉如此累，想想剧组的人吧！"张源没有言语，用脚猛踢了一下路边的一根木棍。

我们俩百无聊赖，再也无法鼓起兴致凑到下面的茶园里看拍戏。只听到徐导演说一声"开拍"，十几个小姑娘就低头装着采茶状，给前面的李梦秋当背景。小姑娘们穿着统一的蓝色碎花外衣，那衣服显然是茶业公司统一定制的，我无法理解这怎能符合拍摄电影的要求。姑娘们大约从没拍过戏，很难理解徐导演的意图，所以徐导演不停地过去纠正她们的动作，给她们一一示范。附近村庄的妇女、孩童都围在山路上，一边看他们拍戏一边热闹地议论。可能有妇女走入了A机的画面，板寸头走过来驱赶那些村妇。“老乡，请你们让让！”板寸头大声说。但村妇们略微动了动，并没有走开。板寸头降低声音哀求道：“老乡，没什么好看的，我们不是玩，是在工作，你们别看了，成吗？”村妇们嬉笑着往旁边走开了一点，但过一会儿又聚拢了来。所以每隔一会儿，就响起板寸头的哀求声：“老乡，我们在工作……我们在工作……”

6

我和张源被困于深山深处的片场，等待着太阳一点点西落。他烦躁、委顿，又无可奈何。这时有个剧务人员从市区赶过来，手里提着两只塑料袋，分别装着几截削去皮的甘蔗和十几个橘子。张源看见了甘蔗，一瞬间眼睛放光，口水差点喷出来。我们枯坐在山道上，口干舌燥，疲惫不堪，才发现平时最普通的甘蔗和橘子竟然变得如此诱人。剧务人员边走边问：“还有饭吗？还有饭吗？”我看看表，快下午四点钟了。张源撇着嘴说：“还有个屁！”剧务人员没听到张源的话，他径直走到拍摄现场，拿一截甘蔗递给女主角，又拿起一个橘子递给胖化妆师。看女主角和化妆师欣喜的眼神，我感觉她俩快喜极而泣了。

那群小姑娘扮演采茶女的戏终于拍完了，她们叽叽喳喳地走了过来。山道上没有椅子，她们就解掉碎花头巾，垫在草丛上面坐下。张源问其中一个细眉女孩：“你们是‘碧海’公司的吧？”女孩点头说：“是的。”张源有点涎皮赖脸地说：“我认识你们刘总。”女孩没有理他。旁边一个女孩感叹道：“拍电影真累啊！”细眉女孩说：“你还强点，今天该我休息，却被叫来拍电影。”我忍不住发笑，说：“拍电影对你们来说是件痛苦的事情吗？”细眉女孩垂下眼睑，扯着路边的几缕枯草，赌气般地说：“如果公司再让我拍电影，我就辞职！”见她那愤愤不平的表情、让人哭笑不得的语气，张源忍不住嘿嘿直乐，乐罢却又愁眉不展，心事重重的样子。

那个胖化妆师坐在路边休息，板寸头跑过来冲她说：“女二号马上到了，你接她一下。”我心里一激灵，顿时来了精神。张源则不然，软软地靠在椅子上，似乎并不关心。化妆师朝着厢式货车那边跑过去，不一会儿，就领着神采奕奕的女二号走过来了。女二号身材比女一号高，更加瘦削，穿一件淡蓝色的风衣，半截袖，双手插在风衣外侧的兜里，露出一截嫩藕般的手臂。她的扮相与女一号的风格完全不同，那件风衣大约是民国时期的学生服。她大眼睛，高鼻梁，一头烫发，看上去像刚刚留洋归来的女大学生。她走到我们身旁，停了下来，伸头往下面的片场看过去，问：“我的戏今天还拍不拍啊？”胖化妆师说：“等一下，看谢老师怎么说。”我站起来掏出手机，对女二号说：“我们是谢老师的朋友，合个影吧！”女二号粲然一笑，站在路边，迎着西斜的阳光。胖化妆师给我们拍了一张照片。张源坐在椅子上，似乎对合影并无兴趣。女二号转了一圈，上了后面的一辆中巴车。

谢女士一直跟在徐导演身旁，这会儿她可能有点累了，从下面走了上来。她边走边剥着一个橘子，然后坐到我们旁边。我说：“你们这部电影虽然没有大牌明星，但演员选得好，女二号也漂亮极了！”谢女士微微一笑，说：“我面试了很多，在北京这样姿色的演员遍地都是。女二号是北京一个领导介绍的，不然我们不会用她。”我感叹说：“这次来你们剧组探班，关于拍电影对演员的要求，我有了新的认识。”谢女士说：“说说。”我说：“演员之所以适合拍电影，在于脸形的轮廓比较挺拔，比普通人更有立体感。”谢女士点点头，说：“大多数生活中的美女，可能做个平面模特，拍拍平面广告还可以，拍电影肯定不行！”张源忽然冒出一句：“我对女二号无感觉，还是李梦秋漂亮。”谢女士笑眯眯地站了起来，说：“我去看看女二号。”张源看着她的背影，幽幽地说：“再漂亮也与我们没关系，都是有主的……”

我说：“男女主角如此英俊、漂亮，这部《茶魂》都不能公映？”张源鄙夷地说：“如何公映？这是典型的草台班子，浪费资源！”我摇头说：“起码比你专业吧，你还要拍《美眉，等等我》呢！”张源贴着我的耳朵小声说：“这部戏的投资人是谢靖芳，整个剧组只有她一个人带着情怀拍电影，其他人都是冲钱来的。陪着她玩，她说咋拍就咋拍。”我说：“何以见得？”张源说：“剧本是一剧之本，而这部电影的剧本根本不成熟，是谢靖芳自己写的，说好听点是单纯、小清新，说难听点是幼稚，甚至肉麻。你看看这场景，采茶之前竟然还要跳到河水里沐浴，有这么玩的吗？”我觉得张源的话有点道理，却也不全部认同，说：“看票房成绩再说吧，现在定论还为时过早。”张源瞪了我一眼，恨铁不成钢地说：“你怎么还执迷不悟？现在全国每年拍摄将近一千部电影，而能够在院线公映的，不到一百部，就这还是国家对引进欧美大片进行了限制。《茶魂》这样投资两三百万的小电影，根本没有公映的可能。”“那她为什么要拍？”我疑惑不解。张源跺了下脚，叹口气说：“我说过，她是带着一种情怀拍电影，沉醉在自己的电影梦之中。再者，这部电影宣传咱们这儿的茶产业，谢靖芳准备托市领导出面说情，向‘碧海’‘永青’等茶企业拉赞助，靠赞助捞钱！”

正在张源说得滔滔不绝的时候，一天的拍摄终于结束了。剧组的人开始收拾片场的各种设备和道具，围观的村民还意犹未尽，不舍得离去。后面的三台厢式货车发动起来，开始慢慢地往后倒车。我和张源顾不得和徐导演、谢女士道别，钻进车子，借厢式货车倒车之际，瞅个空隙就挤了过去。经过中巴车时，我看到女二号正站在中巴车前，对着后视镜卸妆。

她的手在头发后面一抖，变魔术一般，竟然将一头弯曲的卷发扯了下来。原来她的头发是接上去的，实际上她是一头齐耳短发。我从手机里调出和女二号的合影，她双手交叉叠放在小腹处，玉臂洁白，光彩照人。跟她站在一起，我竟比她还略矮一点。尽管拍照时我已吸气收腹，还是显得又丑又笨。虽然跟她合了影，却并不知道她的名字，这让我感觉有点怪怪的。我看了看照片上她拼接的一头烫发，删除了合影。

张源开车向莲花酒店疾驰，途中他打了个电话，说："你下来，我们马上到。"车子抵达酒店门口，我看到吕佳蓉正站在早晨他俩说话的香樟树下。张源摇下窗玻璃，并鸣了下车笛。吕佳蓉快步跑过来，拉开后车门坐了进去。我回头看了看她，她穿着一件现代的紫色风衣，可发型和脸上的妆还是民国的味道。张源说："这是你陈哥。"吕佳蓉脆声喊道："陈哥！"我笑着说："真漂亮，像是从电影里走出来的。"吕佳蓉微微一笑，继而又紧咬双唇，像是不太开心。张源对我说："我们一起去吃饭。"又回头问吕佳蓉："试镜怎么样？"吕佳蓉看了看我，低声说道："那家伙是个浑蛋、流氓！"张源说："别瞎说，人家是京城著名的星探！"吕佳蓉忽然故作轻松地笑着说："他说不让我演采茶女了，换个更好的角，改演女二号的同学，下周到横店去拍。"张源听了沉默不语，汽车往落叶溪山庄开去。

我们赶到张源的画室，他给山庄老板打电话，让做几个菜送过来。张源从车子后备箱里取出一瓶西凤酒，说："今天太累了，咱俩喝一杯。”我说：“等会儿还要开车……”张源拍着酒瓶说：“这酒叫‘华山论剑’，一定要尝尝。咱晚点走，大不了车子放这儿。”过了一会儿，服务员送来四样简单雅致的菜品，杭椒炒牛腱、葱爆肥肠、卤味花生、蚝油生菜，还有一盆老鸭炖汤圆。张源将酒倒上，端起自己的酒杯做碰杯状，然后一扬脖儿灌进了嘴里，喝完将酒杯往桌上一蹾，说：“谢靖芳根本不懂电影！”在片场待了一天，我烦透了，不想再跟他谈电影，说：“吃菜，肥肠炒得不错。”张源不理会我说的话，像是沉醉在自己的思考之中：“什么叫好电影？不一定有什么新颖的故事，也没有什么思想呀追求呀之类的，但就是好看！就算你能猜到故事的一切，但还是兴致盎然。”张源说的道理似乎人人都明白，因此他说的也大概等于没说。我没有接他的话茬，小口地品着“华山论剑”酒。

“这部《茶魂》，单从名字上看就不行，会失去年轻观众的支持。”张源今晚不知怎么搞的，忽然酒兴大发，一扬脖儿又灌进去一大杯，“现在电影必须有互联网基因，你知道吗？我研究过最卖座的青春喜剧片，有大约百分之六十的票，是从网上订出去的。”

吕佳蓉很少吃菜，只慢吞吞地用勺子喝着鸭汤。她的表情沉静似水，像在听张源说话，又像是什么也没有听见。张源缺少对话的知音，情绪慢慢低落下来，最后有点近乎喃喃自语地说：“现在一些影评人，看完电影就发表指点江山式的评论，他们不明白，电影是大众娱乐行业，不是精英先锋艺术。

带着某种精神动机去看电影，挺悲哀的。”他的话像是触动了吕佳蓉，她抬头看了张源一眼，嘴角动了动，想说什么，却没说出来。

酒喝到中途，我不想再喝了，因为我的车子还停在莲花酒店门口。想喝茶，才发现张源的画室没有暖壶。我站起身来，去山庄餐厅那边提水，也有点短暂避开的意思，实在不想听张源喋喋不休地发表电影方面的宏论，唾沫星子乱飞。从张源的画室到山庄的餐厅，有一条百多米的石板路，外面刮着冷冷的寒风，草丛里有几只地灯，发出淡淡的亮光，隐隐约约可以看见路面。等我提着一只暖壶回来，走到画室窗前的时候，突然听到里面传出“哗啦”一声脆响，紧接着有女声尖叫起来。我快走几步，推开画室的门，看到张源“啪”的一声一记耳光打在吕佳蓉的脸上。汤盆和酒瓶全摔碎在地上，画室里充满浓重的酒气。张源叉腰站着，脸色铁青，喘着粗气。见我进来，吕佳蓉趴在桌面上嘤嘤地哭了起来。

“这是咋啦？你们咋啦？”我惊异地问。吕佳蓉一直埋着头，张源侧目而视，不理会我。放下暖壶，我推了张源一把，说：“你也真是的，小吕这么漂亮，你也舍得下手打，不对哈！”张源一声不吭，吕佳蓉哭得更厉害了。忽然，吕佳蓉站起身，一边抹着眼泪一边往外面跑。我想拦没拦住。看着外面的冷飕飕的黑夜，我说：“咋办？”张源从兜里掏出他的车钥匙，往桌上一丢，说：“你送她回去吧，碧海公司员工宿舍。”

7

那天晚上将吕佳蓉送回去以后，我再没见到她。《茶魂》的拍摄周期为三十天，在我们城市取景拍摄六天，然后剧组就转到横店影视城。吕佳蓉究竟去没去横店出演那个女二号的同学，我不知详情。她是张源的女人，我过多关心显然不合适。

又和张源一块吃过两次饭，许多人在场，他依旧吹他计划筹拍的电影。他预言等他拍摄完成，《美眉，等等我》必将创造国产电影的票房奇迹。有人揶揄道："什么奇迹？听说有部名叫《天生有财》的炮灰电影，票房仅一万元，你想打破它的最低纪录吗？"张源被噎得无语，想发火，却没发出来，一口气闷在胸口，他那郁郁不得志的落寞神情，很像鲁迅笔下的孔乙己。我觉得挺哀伤的。人如果有什么远大宏图，付诸实践之前，还是别说出来的好，否则既浪费自己的口水，也惹旁人讥笑。

春节前的一天，飘着小雪，吕佳蓉忽然跑到我的画廊。一直忘了介绍，我开了一间画廊。张源画画，我卖画。他负责生产，我负责销售，我们俩是一种互相依存的合作关系。我们推出的作品有"国色天香——牡丹"系列，有"佳人出浴——陶器"系列，还有"林荫大道——印象"系列，等等。张源什么画都会临摹，客户要求什么，他给画什么。因为我们的努力，这个城市的酒店、茶馆、咖啡厅，还有许多豪宅都增添了艺术气息。吕佳蓉脖颈上裹着厚厚的围巾，眉眼都遮住了。她一层层解掉围巾之后，我才认出是她。她的脸冻得有点红，不停地往手心哈气。

我有点愣怔，不知道她的来意。但我肯定，她不会是来买我画廊里的画的。我连忙给她让座，又冲了一杯热咖啡给她，说："欢迎美女光顾，真是稀客啊！"吕佳蓉四处看了看，双手捧住咖啡杯，像是用来取暖。我没话找话地问："张源在干什么？"她眉头微微一皱，仍然默不作声。我再问她，"你有什么事？"

她的眼睛仍然四处巡睃，还往楼上看了看，像是确定画廊里有没有其他人。犹豫了许久，她忽然开口说："我想跟你借钱。"我心里一激灵，意识到她给我出了个难题。想用钱，跟张源说啊！我画廊营收的钱，大部分都给了张源，他比我有钱。再说了，她是张源的人，犯不着跟我借钱，实在要借也应该让张源来跟我说。我想起张源的手机上，丁副导演说她"不懂事"，现在看，还真有点儿。

我迟疑了一下，笑着说："你一个单身女孩，开销不大，为何要借钱啊？"她放下咖啡杯，说："我怀孕了，而且从公司辞了职。我要租房子住，将这个孩子生下来。"我心里一震，心想这孩子什么事都敢做，也什么话都敢说。我还没表态，她恨恨地说："张源负了我。他逼我拍电影，让我答应丁导演……然后又打我，抛弃了我……"说着她悲伤地啜泣起来，像上次我见她时一样，双手往桌面一叠，埋着头哭。

这时有客人推门走进画廊，我连忙站起来招呼。客人看到哭泣的吕佳蓉，先是惊诧，接着像是明白了什么，摆着手退了出去。我顿觉尴尬，仿佛是我招惹了吕佳蓉。别人欺负了她，与我何干？却跑到我店里来哭，实在有点不地道。

我脑子嗡嗡直响，觉得她短短几句话，信息量太大，一时捋不清楚。我喃喃地说："你真的怀孕了吗？张源知道吗？"吕佳蓉停止哭泣，站起来呼啦一声脱掉红色的羽绒服，说："怀了两个月了。"脱掉羽绒服以后，她里面穿着一件鸡心领的薄羊毛衫，胸脯高挺，小腹平坦，腰线完美，完全看不出怀孕的样子。似乎是觉察出了我的怀疑，她说："才两个月，可能看不出，但我知道。"

见我迟疑，她差点就要脱掉羊毛衫给我看，被我拦住了。阻拦她的时候，我看到她胸脯左侧生着一颗痣，还有一股兰花的香味袭来。好不容易将她劝住，那颗痣仍然在我眼前晃动。我感觉有点头晕。

想了半天，我拿不定主意，吞吞吐吐地说："年关将至，外面欠画廊的款追不回来，我也比较紧张……"吕佳蓉瞪了我一眼，从桌上拿起她的围巾，转身推开玻璃门就走。我追出去，大喊道："吕佳蓉，你回来，我们再商量……"但她踏着路上薄薄的积雪走了，头也没有回。看着她渐渐远去的身影，我心里很不是滋味。

回到店里，我给张源打电话，告诉他吕佳蓉来借钱的事情。但我的话还没说完，张源就在那边说："那女人跟我一点关系也没有了，我现在不认识她！你借不借钱是你的事情，不要告诉我，OK？”我惶惶然，还想说什么，张源已叭的一声挂掉了电话。

8

我以为吕佳蓉的事情就此结束了，虽然有点对不住她，却也没太放在心上，毕竟我并不欠她什么。春节将至，地上的积雪还没融化，新一场雪又降临了。画廊没有什么生意，我给两个店员提前放假了。独自待在画廊里，喝喝茶，翻翻拍卖会的画册，有点百无聊赖。一天黄昏，吕佳蓉忽然又推门走了进来。我没想到她会再来找我，但看到她，我却又有点激动，仿佛潜意识里盼着她来。我竟然有点紧张，有点不知所措。

她将一只拉杆箱提进画廊，然后去门口跺了跺脚上的雪渣，重新走进室内，径自脱掉羽绒服，挂在墙角的衣架上。看到我有点发愣的表情，她说：“我没地儿可去，在你这儿过年。”说着抿嘴一笑，“别找理由拒绝，我知道你这店过年没人看，交给我得了，免费的。”说着就往楼上走。

楼上外间是茶室，里面是我的卧室，装修得和酒店客房差不多。我慌忙追上来，她已换上棉拖鞋，在卫生间里洗漱。听着哗啦啦的流水声，我只好先退到楼下。

我给张源打电话，他的手机竟然关机。看着门外纷飞的雪花，我陷入无奈之中。而这种无奈，却又好像是我内心暗暗期待的，真是一种复杂的感觉。

过了一会儿，我听到她在楼上喊我，拖着长长的嗲腔。我再次上楼，她竟将我酒柜里的一瓶芝华士打开了，坐在床边一杯一杯地往肚里灌。我连忙去夺她的杯子，说："你不是怀孕了吗？怎么还敢喝酒！"她身子一闪，紧紧攥住酒瓶不放，说："我的事不用你管。你陪我喝醉一场，怎么样？"我说："你再这样胡闹，我告诉张源！"她神情猛地一冷："你若告诉他，我就去死！"说完，一仰头，直接对着瓶口喝，边喝边说，"我和那个人已经没有任何关系了，你不要再提他，我讨厌……"

我去掰她的手，她身子一仰，倒在了床上，将我也带趴在她的身上。我顿时慌乱起来，她却开心地哈哈大笑。我越夺，她似乎越开心。忽然，她将酒瓶一扔，箍住我的脖子，啪地在我脸上亲了一下，一股迷人的兰花香味沁入鼻腔。我感受到她绵软的身体，看到她胸前的那颗黑痣，忽然像被电击了一般，不自觉地紧紧压住她。

如同着了魔、发了疯，我拼命地撕扯着吕佳蓉。她却害怕起来，一边挣扎一边喘息着说："不能这样……没人要我了……"

我紧紧搂住她，吻着她的眼睛，说："不……我要你……"

（原载《飞天》2016年第5期，发表时题为《拍摄记》）

河南省作家协会

2019年度重点作品扶持项目

文鼎中原

陈宏伟 :《远方那么远》(中篇小说集)

李乃庆 :《旅途愉快》(中篇小说集)

赵大河 :《撒谎的女人》(中篇小说集)

曲从俊 :《第五幅肖像》(中篇小说集)

罗尔豪 :《村歌嘹亮》(中篇小说集)

张运涛 :《斑马，斑马》(中篇小说集)

李小琳 :《万物生》(短篇小说集)

安　庆 :《父亲的迷藏》(短篇小说集)

李俊功 :《开封，开封》(散文诗集)

马东旭 :《父亲的黄岗镇》(散文诗集)

张　笋 :《私密的神话》(文学评论)

纳　兰 :《批评之道》(文学评论集)

马国兴 :《写心》(散文集)

冻凤秋 :《心田种字》(散文集)

陈峻峰：《个人史》（散文集）

非　鱼：《一念之间》（小小说集）

江　岸：《炊烟袅袅》（小小说集）

栗德亮：《太行小子传奇》（儿童文学）

（按发稿先后顺序，陆续出版中）